JN441396

트루먼 스쿨 악플 사건

도리 H. 버틀러 지음

이도영 옮김

트루먼 스쿨 악플 사건

The Truth about Truman School

미래인

추천의 글 1

익명성에 숨겨진 책임을 일깨우는 소설

전승호(인천 청라중학교 국어 교사)

도리 힐레스타드 버틀러 작가님의『트루먼 스쿨 악플 사건』은 발간된 지 16년이 지났지만 지금도 우리에게 깊은 울림을 주는 책입니다. 특히 40만 부 출판 기념 개정판이 나왔다는 소식은 이 책이 여전히 우리 사회에 던지는 메시지가 유효하다는 방증일 겁니다. 이 작품은 단순히 학교에서 벌어지는 악플 사건을 넘어, 온라인 공간에서 우리가 맺는 관계와 그 안에서 발생하는 책임감에 대해 진지하게 고민하도록 만듭니다.

작품 속 〈트루먼의 진실〉 같은 계정은 현실의 '○○중 대신 알려 드립니다'와 같은 SNS 계정들과 놀랍도록 닮아 있습니다. 스마트폰과 다양한 SNS 채널을 통해 끊임없이 소통하는 요즘, 우리는 무심코 던진 말 한마디, 혹은 온라인에 남긴 댓글 하나가 누군가에게 씻을 수 없는 상처가 될 수 있다는 사실을 간과할 때가 많습니다. 이 책은 바로 그 지점을 날카롭게 파고듭니다.

주인공들이 악플로 인해 고통받는 모습, 그리고 악플이 학교 전체에 미치는 파장을 통해 언어에 얼마나 큰 힘이 있는지, 그리고 온라인 공간에서 우리가 어떤 책임감을 가져야 하는지를 생생하게 보여 줍니다. "나는 그저 내가 생각하는 것을 올린 건데. 그건 사실인데 어때? 그 애는 원래 그렇잖아." 우리는 이런 생각으로 남에 대한 이야기를 아무렇지 않게 온라인에 올리곤 합니다. 하지만 그 말은 원래의 의도와는 상관없이 거대해져 누군가의 자존감을, 명예를, 심지어 생명을 앗아 갈 정도로 무서운 무기가 되고 맙니다.

『트루먼 스쿨 악플 사건』을 통해 우리는 온라인 세상에서 '나'와 '타인'의 경계, 그리고 익명성 뒤에 숨겨진 책임감에 대해 다시 한번 생각해 볼 수 있습니다. 혹시 지금 온라인에 쓴 글이나 쓰인 글 때문에 힘들어하고 계신가요? 이 소설은 그런 여러분에게 큰 위로와 함께, 건강한 온라인 소통을 위한 지혜로운 선택이 무엇인지 깨닫게 해 줄 것입니다. 『트루먼 스쿨 악플 사건』이 여러분의 독서 목록에 의미 있는 한 권으로 자리 잡기를 바랍니다.

추천의 글 2

피해자와 가해자라는 얇은 경계를 돌아봅니다

태지원(교사, 『이 장면, 나만 불편한가요?』 저자)

『트루먼 스쿨 악플 사건』은 청소년기의 말과 책임, 용서와 회복, 다시 일어서는 용기를 섬세하게 그려 낸 소설입니다. 요즘에는 누구나 글을 쓰고, 댓글을 달고, 사진을 주고받습니다. SNS에 올리는 사진과 단톡방에 던지는 이모티콘, 익명 게시판에 쓰는 한두 줄의 말까지…… 손쉽게 타인과 소통할 수 있는 세상이 되었지요. 그러나 편리한 세상이 된 만큼 무심코 주고받는 말에 누군가가 상처를 입기도 쉬워졌습니다.

이 소설에 등장하는 아이들도 마찬가지입니다. 책 속 인물은 모두 자신의 입장에서 '그럴 만한' 이유를 가지고 있었지만, 무심코 내뱉은 말과 행동으로 누군가의 상처를 불러옵니다. 그 일부는 자신을 향한 화살이 되어 돌아오기도 하고요. 소설 속 등장인물들처럼 누구나 피해자가 되기도 하지만, 가해자가 되기도 합니다. 〈트루먼의 진실〉이라는 사이트도 마찬가지입니다. 시작은 학교에 대한 진실을 알리고 학생 인권을 논하기 위해 만들어졌지만, 어느 순간 타인을 비방하고 가짜 뉴스를 올리는 사이버 폭력의 현장이 되어 버렸지요.

책 속 이야기를 따라가다 보면 놀라운 사실을 발견할 수 있습니다. 피해자라고 해서 늘 선한 것만은 아니고, 가해자라고 해서 늘 나쁜 것만은 아니라는 겁니다. 누구나 말과 글로 타인에게 상처를 줄 수도 있고 선과 악, 가해자와 피해자의 경계는 생각보다 얇고 모호합니다.

이 얇고 모호한 경계의 이야기를 넘나들며 『트루먼 스쿨 악플 사건』은 우리에게 수많은 질문거리를 던집니다. 내가 무심코 던진 말 한마디가 어떤 무게를 가지는지, 인터넷 공간의 익명성 속 내가 가해자와 피해자 중 어떤 경계에 서 있는지 생각해 보도록 만들지요. 더불어 타인의 입장에 서서 넓고 깊게 사고하는 힘이 얼마나 중요한지 깨닫게 만듭니다. 인터넷 속 차별과 혐오 발언이 난무한 요즘, 이 귀한 소설을 청소년은 물론, 어른들에게도 널리 권하고 싶습니다.

추천의 글 3

SNS와 함께하는 또래에게 권합니다

정다온(홍익여자고등학교 1학년)

중학교 3학년 때 일입니다. 친구가 SNS에서 모르는 사람에게 거친 악플을 받고 무척 힘들어했습니다. 잘못한 것도 없었는데, 왜 그런 일을 겪어야 하는지 이해가 되지 않았습니다. 그런데 저는 친구가 아파하는 걸 알면서도 어떻게 도와야 할지 몰라서 그저 지켜만 봤습니다.

저와 같은 해 태어난 『트루먼 스쿨 악플 사건』에는 저랑 비슷한 인물이 여럿 등장합니다. 어찌할 바를 모르는 사람 말입니다. 이 책을 읽다 보니 제가 방관자였고, 방관자 역시 가해자와 다름없다는 것을 스스로 느꼈습니다.

〈트루먼의 진실〉이라는 커뮤니티를 만든 제이비에 대해서도 생각해 봤습니다. 제이비에게는 학교 안에서 벌어지는 크고 작은 문제를 해결하려는 열정과 사명감이 있었습니다. 그런데 커뮤니티는 예상과 다른 방향으로 흘러가며 피해자가 발생했습니다. 제이비는 운영자가 개입하지 않겠다는 규칙을 고수했습니다. 그녀의 선택은 옳았을까요?

『트루먼 스쿨 악플 사건』은 우리가 디지털 세상에서 어떻게 말하고 행동해야 하는지, 그리고 그 말이 누군가에게 상처를 주는 것은 아닌지를 진지하게 생각하게 합니다. 그러므로 학교 폭력 혹은 사이버 폭력에 관심이 있는 사람이나 SNS, 온라인 커뮤니티를 자주 이용하는 청소년이라면 꼭 읽기를 바랍니다. 무심코 내뱉은 한마디가 누군가에게 상처가 되고, 때로는 소문이 걷잡을 수 없도록 퍼지며 결국 큰 폭력이 된다는 깨달음을 얻을 수 있을 것입니다.

무엇보다 이 소설은 피해자와 가해자, 방관자 모두의 시선에서 상황을 비추고 있어 폭력이 확장하는 과정을 짚어 볼 수 있습니다.

내가 아무렇지 않게 내뱉은 말이 누군가에게 상처가 되진 않았을까, 진실을 말하는 것이 항상 옳은 일일까? 이런 질문을 스스로에게 던져 보는 계기를 만들어 준 책 『트루먼 스쿨 악플 사건』을 저와 같은 또래에게 권합니다.

『트루먼 스쿨 악플 사건』을 추천하며

인터넷의 익명성 뒤에 숨어 교묘하게 악플 문화를 조장하는 가해자와 어영부영 '악플 놀이'에 빠져든 주변 인물들, 그리고 영문도 모른 채 정신적 고통을 겪어야 하는 피해자의 속내가 섬세하게 묘사됐다. 교훈이 겉으로 드러날 법한 평이한 전개지만 읽기 지루하지 않다. 악플을 시작한 가해자가 누구인지를 추적하는 추리 소설 형식으로 진행된 덕이다. 무엇보다 토론 거리로 활용하기 제격이다. 찬반 토론 과정에서 아이들은 온라인 윤리의식 제고와 자아 정체성 확립이라는 두 마리 토끼를 모두 잡게 되지 않을까 기대한다.

—중앙일보

사람들은 온라인 폭력이 또 하나의 폭력이라는 것을 잘 안다. 하지만 직접 겪어 보지 않은 이상 머릿속으로만 이해할 뿐이다. 그런 사람들을 위한 책이다. 온라인 폭력 피해자의 심정을 생생하게 그렸기에 그것이 얼마나 위험한 것인지를 절실히 깨닫게 해 주기 때문이다.

—오마이뉴스

한 설문 조사에 따르면 초중고교생의 약 50% 이상이 온라인상에서 욕설이나 험담을 해 본 경험이 있는 것으로 나타났다. 악성 댓글은 왜, 어떻게 방지해야 할까. 악성 댓글의 영향력과 피해자, 주변 친구들, 가해자 모두의 입장을 생생하게 전한다.

—어린이동아

등장하는 모든 인물의 시점을 엮어 다각도로 전개되는 이야기로, 윤리와 도덕에 대한 고민을 이끌어 낸다. 특히 인터넷의 영향력을 고려할 때 매우 중요한 주제이며 현실적인 시각으로 따돌림, 파벌, 또래 문화가 십 대에게 온라인 안팎에서 미칠 수 있는 부정적인 영향을 사실적으로 그려 냈다.

–〈Kirkus Reviews〉

시의적절하고 공감 가는 이야기. –〈Booklist〉

작가는 청소년들에게 자신의 목소리를 낼 수 있는 힘을 부여했다. 이야기의 끝에서는 일부 청소년들이 자신들의 행동이 문제에 어떻게 영향을 끼쳤는지를 깨닫지 못하지만, 제이비, 아무르, 그리고 릴리를 포함한 다른 인물들은 이를 명확히 이해하며, 그 경험을 통해 성장하고 배운다.

–〈Children's Literature〉

이야기는 경쾌한 속도로 전개되며, 사이버불링이라는 시의적절한 주제가 독자들에게 큰 공감을 불러일으킨다. 쉽게 다가갈 수 있으며, 등장인물의 목소리도 매우 현실감 있게 들린다. 깊은 생각을 불러일으키는 이 책은 독서 후 토론을 진행하기에 매우 적합하다. –〈School Library Journal〉

『트루먼 스쿨 악플 사건』은 디지털 시대에 불거진 10대 청소년들의 새로운 문제를 토론할 수 있는 본격적인 장을 마련했다. –〈VOYA〉

등장인물

제이비

"그저 사진 한 장이야. 별문제 있겠어?"

<트루먼의 진실> 사이트를 만든 트루먼 중학교 여학생이다. 누구든지 자유롭게 글을 쓸 수 있는 공간이 되길 바라며 운영진은 개입하지 않는다는 원칙을 세운다.

아무르

"왜 제대로 확인하지 않고 날 의심한 거야?"

컴퓨터를 좋아하며 잘 다룬다. 제이비와 함께 <트루먼의 진실>을 만들었다. 어릴 때 제이비, 릴리와 한동네에서 자랐지만 중학교에 들어와서 릴리와는 멀어진다.

릴리

"내가 학교 최고 왕재수라니!"

중학교 입학 전 혹독하게 살을 빼고, 인싸 아이들과 친하게 지낸다. <트루먼의 진실>에 초등학교 졸업 앨범 사진이 공개되며 위기가 찾아온다.

헤일리

"우리가 잘했던 걸까?"

인싸 모임의 중심 멤버이다. 자기 말과 행동에 아이들이 반응하는 걸 즐긴다. <트루먼의 진실>에서 사건이 터지고, 릴리를 은근슬쩍 밀어낸다.

브리아나

"모두가 그 얘길 하고 있더라?"

인싸 모임 멤버로 헤일리, 릴리와 함께 치어리더로 활동한다. 속으로 헤일리가 왜 릴리와 어울리는지 이해하지 못한다.

트레버

"내가 그린 만화가 마음에 든다고?"

만화 그리기를 좋아한다. 아이들 몰래 <트루먼의 진실>에 만화를 올렸다가 들켜서 놀림을 당한다.

익명

"일이 이렇게까지 커질 줄은 몰랐다."

<트루먼의 진실>에서 밀크&허니라는 익명으로 릴리를 괴롭힌다.

※일러두기: 본문의 주는 옮긴이의 주입니다.

차례

공지

트루먼 중학교 친구들에게

얼마 전 학교에서 벌어진 사건에 대해 자기 생각을 작성해 제출하라는 국어 선생님의 말씀을 들었을 거야. 나는 글 쓰는 걸 좋아해서 별 어려움이 없지만, 학교를 위해 보고서를 쓰는 건 별로 내키지 않아.

도대체 왜 우리가 맞춤법이나 문법, 주제에 점수를 매기는 선생님들을 위해 지극히 개인적인 사건을 써 내야 하는지 모르겠어. 선생님이 몇 점이나 줄지 전전긍긍할 텐데 일이 어떻게 벌어졌고, 그것이 어떤 영향을 끼쳤는지 마음 편히 쓸 수나 있겠어?

이건 아니라고 생각해. 만약 여러분이 내 생각에 동의한다면 두 가지 버전으로 글을 써 주면 좋겠어. 하나는 학교 제출용, 다른 하나는 진실을 알릴 목적으로 쓰는 거야. 물론 학교 제출용은 국어 선생님께 내고, 나머지는 내 메일로 보내길 바라.

나는 여러분이 보내 준 글을 읽고 편집을 한 다음, 작성자의 이름을 바꿔서 하나의 의미심장한 이야기로 재구성할 거야.

'트루먼 중학교의 진실'이라는 제목으로!

〈트루먼의 진실〉 운영자

제이비 바우어

앞의 글 다음 글

목록 필터 태그 글쓰기

제이비

나는 인기 있는 편이 아니다. 인기가 있었던 적도 없고, 아마 앞으로도 쭉 그럴 거다. 그래도 상관없다. 그런 것에 연연하지 않는 게 훨씬 좋으니까.

이렇게 인기 없는 내가 학교에서 가장 화제가 된 웹사이트를 만들었다. 정말 굉장한 일이다. 맞다, 난 〈트루먼의 진실〉이라는 사이트의 숨은 운영진 중 하나다. 또 한 명은 내 친구인 아무르 네이서다. 이 글은 나와 아무르가 만든 웹사이트와 그 때문에 벌어진 사건에 관한 이야기다.

우선 당신은 트루먼이 대체 뭔지 또 누군지 궁금해할 것 같다. 트루먼은 우리 학교 이름이다. 트루먼 중학교 말이다. 그러나 경험상 온라인에는 정신 나간 스토커가 많기 때문에 그 이상은 얘기하지 않는 게 좋겠다. 트루먼 중학교는 그저 미국 중부 어디에서나 볼 수 있는 평범한 마을의 평범한 학교라고만 해 두자. 나는 이 학교 3학년이다. 앞으로 만나게 될 다른 애들도 대부분 트루먼의 3학년 중딩들이다.

처음에 이 웹사이트를 만들었을 때 아무르와 나는 물론이고, 어느 누구도 이런 일이 생길 줄은 몰랐다. 우린 그저 봉사 활동이란 생각으로 시작했으니까. 내 얘기를 믿어 줬으면 좋겠다. 정말이다!

〈트루먼의 진실〉을 만들기 전에, 나는 〈트루먼의 소리〉라는 교내 신문의 편집장을 맡고 있었다. 너무 놀랄 것까지는 없다. 아무도 맡으려 하지 않아서 떠맡은 거니까. 지난해 말이었다. 존스턴 선생님이 2학년 편집 부원 전원을(다 합쳐 봐야 고작 네 명뿐이지만) 부르더니, 누가 내년 편집장을 맡을지 물었다. 저널리스트가 되고 싶은 나는 당연히 손을 들었다. 나중에 세계 여기저기를 돌아다니면서 세상을 깜짝 놀라게 할 도발적인 전쟁 기사를 쓰고 싶었다. 또 지구 온난화처럼, 오늘날 우리가 직면한 여러 심각한 문제를 기사로 써서 사람들에게 알리고 싶었다. 학교 신문의 편집장은 그 일을 시작하기에 좋은 기회였다.

그러나 존스턴 선생님은 나를 본 척도 안 했다.

"아무나 좋아. 내년에 편집장이 되고 싶은 사람 또 없니?"

만약 그 장면을 봤다면, 선생님이 나 아닌 다른 사람이 손 들어 주기를 얼마나 간절히 바랐는지 알았을 것이다. 그건 순전히 푸르뎅뎅한 내 머리카락 탓이 아닐까 싶다. 선생님은 머리를 푸른색으로 염색한 학생을 싫어했다. 하지만 누구도 편집장이 되려고 하지 않았기 때문에, 꼼짝없이 나를 선택할 수밖에 없었다.

선생님과 나는 처음부터 삐걱거렸다. 우선 나는 학생들은 '실험용 쥐'에 불과할 뿐이라는 취지의 기사를 쓰려고 했다. 수없이 바뀌는 교육 과정이 이전의 것보다 나은지 어떤지 알 수 없기 때문이다. 애들 성적이 올랐는지 떨어졌는지 알 수 있을 때까지 우리는 단지 실험 대상일 뿐이니까.

"뭘 안다고 교육 과정에 대해 이러쿵저러쿵하는 거니? 너희는 그런 평가를 할 처지가 아니야."

그래서 난 학생회는 그저 인기 경쟁에 불과하다는 기사를 쓰려고 했다. 또다시 선생님은 그 기사도 안 된다고 했다.

"학생회는 절대 인기하고는 관련이 없어. 중요한 건 리더십이지."

선생님은 올해 학생회 임원이 누구인지 알기나 할까? 헤일리, 리스 같은 애들이 인기는 있을지 모르지만 리더십은 정말 꽝이라는 걸 알 턱이 없다.

결국 아무르가 왕따에 관한 특집 기사를 싣자고 제안했다. 나는 사라나 트레버 같은 애들이 항상 학교에서 괴롭힘을 당하고 있고, 어느 누구도 이런 문제를 다뤄 본 적이 없었기에 좋은 생각이라고 맞장구쳤다. 그야말로 '시기적절한 이슈'이니 선생님도 당연히 찬성하리라 여겼다. 게다가 그걸 제안한 사람이 내가 아닌 아무르였으니까.

그러나 선생님은 여전히 안 된다고 했다. 선생님은 아무르를 빤히 쳐다보면서 말했다.

"트루먼 중학교에서 왕따 문제는 없어. 그리고 그런 기사는 윗분들의 기분을 언짢게 할 뿐이야."

존스턴 선생님은 도대체 어느 트루먼 중학교에 있는지 모르겠다. 미국 중부의 평범한 학교는 아닌 것 같았다. 왜냐하면 그곳은 내가 다니고 있는 학교이고, 여기에는 분명히 왕따 문제가 있기 때문이다. 그것도 상당히 심각하게. 하지만 선생님하고는 말이 통하지 않았다.

선생님이 〈트루먼의 소리〉에 싣고 싶어 하는 기사는 온통, 우리 학교 축구팀이 얼마나 대단했는지, 지난번 학교 음악회가 얼마나 멋졌는지에 대한 것뿐이다(라이언 켈리의 클라리넷 연주가 반음 낮았다고 쓴 문장을 선생님이 삭제하긴 했지만). 선생님이 좋아하는 기사는 그저 '와! 우리 학교 대단하지 않아요?'라는 생각이 들게 하는 것들뿐이었다.

글쎄, 과연 그럴까? 트루먼 중학교는 결코 대단하지 않다. 게다가 나는 한 사람을 위해서 그런 '척'하는 게 정말 지겨웠다.

나는 항의의 뜻으로 〈트루먼의 소리〉를 그만두기로 했다. 그랬더니 종합정보실 담당인 콘웨이 선생님이 상담을 하자며 불렀다.

"제이비, 선생님은 학교 신문이 너에게 얼마나 중요한지 알고 있단다. 하지만 이걸 명심하렴. 누워서 침 뱉는 일을 해서야 되겠니?"

이것이 내가 〈트루먼의 소리〉를 박차고 나온 이유다. 사실 나에게는 학교 신문이 엄청 중요하다. 아마 어떤 애들보다 더 그럴 거다. 하지만 〈트루먼의 소리〉가 진실하고 솔직한 신문이 될 수 없다면, 차라리 새로운 신문을 만드는 편이 낫겠다고 생각했다. 학교생활에 관한 진실을 알릴 수 있는 신문을.

아무르는 내가 옳은 일을 한다고 기를 팍팍 세워 주면서, 진심으로 돕고자 했다. 아무르 네이서가 어떤 애인지는 딱 한마디면 된다. '인터넷광'. 그렇기에 아무르가 인터넷 사이트를 만들자고 했을 때 놀라지 않았다.

나 역시 인터넷상에 신문을 만들면 멋질 거라고 생각했다. 그렇게 '학교 문제에 관한 비공식 신문을 펴내면' 모든 게 해결될 테니 말이다. 우리 학교는 교내에서 뭔가 배포할 때 가능한 것과 그렇지 않은 것에 대한 기준이 아주 엄격했다. 모든 것은 학교의 승인을 받아야만 가능했다. 그러나 만약 신문을 인터넷으로 펴낸다면, 배포고 뭐고 아무것도 필요 없었다. 오히려 사람들이 우리를 찾아오겠지?

아무르와 나는 즉각 인터넷으로 일을 시작했다. 우리는 누구나 글과 사진을 올릴 수 있게 하기로 했다. 또 다른 사람의 글에 댓글을 달 수 있도록 해 두면 좋겠다는 생각이 들었다. 인터넷 카페나 블로그처럼 말이다.

학생들은 규정이란 걸 썩 좋아하지 않는다. 그래서 우리가 만든 사이트에는 딱 두 가지 규칙만 세웠다.

∨ 규칙 1. 사이트에 올리는 글은 자신이 직접 쓴 것이어야 한다.

∨ 규칙 2. 올리는 글은 사실이어야 하며, 우리 학교에 관해서 자신이 직접 확인한 사실이어야 한다.

우리는 사이트 이름을 〈트루먼의 진실〉이라고 정했다. 또 공동으로 출자해서 도메인까지 샀다. 메인 페이지에는 누구든지 자유롭게 글을 쓸 수 있고, 사전 검열도 하지 않을 것이라는 내용의 짤막한 글을 올렸다. 이제 누구나 부담 없이 하고 싶은 말을 할 수 있을 것이다. 아무르는 사이트를 정말로 멋지게 꾸몄다.

두둥! 이틀 후, 드디어 〈트루먼의 진실〉이 문을 열었다.

아무르

사이트를 만드는 일은 쉬웠다. 정작 어려운 일은 애들이 사이트에 방문해서 글을 올리도록 알리는 것이었다. 솔직히 이 말은 하기 싫었지만, 제이비와 나는 학교에서 제일 밑바닥이다. 누구도 우리같이 별 볼 일 없는 애들한테 관심을 주지 않는다.

그래서 〈트루먼의 진실〉이 나와 제이비가 만든 사이트라는 걸 밝히지 않기로 했다. 우리는 우연히 그곳을 발견한 것처럼, 학교

주변을 걸으면서 이렇게 말했다.

"너희, 〈트루먼의 진실〉이라는 거 알아? 와, 정말 대단하던데? 애들 모두 그 얘기를 하더라. 누가 만들었는지…… 암튼 대단해."

하지만 '눈 가리고 아웅' 해 봤자 우리가 얼마나 인기 없는지 확인할 뿐이었다. 우리가 말할 때 유일하게 쳐다본 사람은 피부가 엉망인 여자애였다. 이름은 사라 머피.

제이비와 내가 학교에서 밑바닥이라면 사라는 그보다 더 밑이었다. 그 애는 절대 말을 하지 않는 편이라, 도대체 무슨 생각을 하며 학교를 다니는지 알 수가 없었다. 따라서 우리 얘기는 학교에 퍼지지 않을 게 뻔했다.

수업이 끝나면 매일 방문자 숫자를 확인했다. 3일이 지난 후, 사이트 방문 횟수는 7이었다. 내가 3번, 제이비가 4번…… 뭔가 특단의 대책이 필요했다.

집에서 빈둥거리고 있는데 제이비가 찾아왔다.

"입소문을 좀 내야겠어. 수업 끝나면 누구나 〈트루먼의 진실〉을 찾아보도록 말이야. 그래서 사이트를 안 보면 소외되는 것처럼……."

제이비가 어깨 뒤의 푸른색 머리카락을 가볍게 튕기며 말했다.

"맞아. 우리가 직접 뉴스거리를 올려서라도 화제가 되도록 해야 한다는 생각까지 했어. 그다음 우리가 댓글이라도 달면, 진짜 댓글을 단 것처럼 보이지 않을까?"

"그거 좋네."

제이비가 고개를 끄덕였다. 그래서 우리는 자리에 앉아 몇 개의 글을 올리기 시작했다. 나는 쉬는 시간 5분 만에 건물 끝에서 다른 건물로 이동하는 것은 불가능하며, 더군다나 체육관에서 이동할 때는 더욱 그렇다는 글을 올렸다. 내가 글을 쓰는 동안 제이비는 두 개의 글을 더 올렸다.

첫 번째는 새로운 교육 과정에 관한 것이었는데 내용도 괜찮았다. 두 번째는 확실히 내 관심을 끌었다. 나는 큰 소리로 읽었다.

"트루먼 중학교의 말도 안 되는 교칙 모음!"

제이비가 올린 첫 번째 교칙은 이랬다.

트루먼 중학교 학생들은 북쪽 계단을 이용할 수 없다.

무슨 말이냐 하면, 만약 1층 북쪽 끝에 있는 음악실에서 수업이 끝나고 다른 수업을 들으러 갈 때, 음악실 바로 옆에 붙어 있는 계단으로 다닐 수 없다는 말이다. 학생들은 복도의 반을 걸어가 중앙 계단을 올라간 다음, 걸어온 만큼 되돌아가서 복도 끝으로 가야 한다. 왜냐고? 학생들은 북쪽 계단을 이용할 수 없기 때문이다. 아무도 그 이유를 몰랐다.

여섯 번째 교칙은 이랬다.

트루먼 중학교 학생들은 한 학기에 샤워실을 최대 10회만 쓸 수 있다.

나도 이딴 규정이 있는지도 몰랐다.

"뭐? 학기 내내 고작 열 번밖에 못 쓴다고? 그럼 열한 번을 쓰면 어떻게 되는 거야?"

"재수가 없는 거지."

제이비가 어깨를 움츠리며 말했다.

"1학기에 몇 번이나 샤워실을 쓰는지 어떻게 안다는 거야?"

"내가 이런 교칙을 만든 건 아니잖아. 난 옮겨 적은 것뿐이야."

나는 제이비가 쓴 글에 눈길을 돌렸다.

"야, 이거 정말 좋다."

〈트루먼의 진실〉에는 왜 이러한 규정이 있어야 하는지에 관한 설명은 없습니다. 알고 있는 사실이든 찾아낸 것이든, 의견이 있다면 댓글을 달아 주시기 바랍니다.

"애들이 참여할 수 있도록 하는데 효과가 있겠는걸."

"내 생각이 바로 그거야. 게다가 다른 애들은 뭐라고 썼는지 궁금해서 안달이 날걸."

"애들을 다시 들어오게 하는 방법이 있어. 그게 뭔지 알아?"

"그게 뭔데?"

"투표."

"무슨 투표?"

제이비가 눈을 가늘게 뜨고 나를 보았다.

"정치 얘기 같은 거?"

"에이, 애들은 정치에 별 관심 없어."

"맞아, 나도 알아."

제이비가 뚱하게 말했다. 제이비는 매일 신문을 샅샅이 읽었고, 사람들과 정치에 대해 이야기하고 싶어 했다.

"그렇다면…… 애들이 가장 관심 있는 게 뭘까?"

제이비가 펜을 입에 문 채로 물었다.

"잘 모르겠어. 음악, 스포츠, 게임……."

"애들에게 가장 좋아하는 게임이 뭔지 물어보면 어떨까?"

다시 제이비가 물었다.

"아니. 그걸로는 부족해. 좀 더 화끈한 게 필요해."

"어떤 걸 말하는 거야?"

"나도 잘 모르겠어."

하지만 그때 뭔가가 생각났다.

"가장 좋아하는 선생님이 누구냐고 물어보는 건 어때?"

학생들은 항상 선생님들에 대해 이러쿵저러쿵 말이 많고, 우리 사이트는 학교에 관한 것을 다루기로 했으니까 좋은 아이디어 같았다.

제이비가 고개를 저었다.

"누구든지 킹 선생님을 꼽을걸."

제이비 말이 맞다. 과학 담당인 킹 선생님은 정말 멋진 분이다. 그는 수업 시간에 교과서를 사용하지 않는다. 그 대신에 대부분

실험을 한다. 실험은 역시나 흥미진진하다. 이것저것 분출되기도 하고, 별의별 소리도 나며, 뒤범벅이 되기 일쑤다.

"그럼 누굴 제일 싫어하는지 물어보는 건 어때?"

제이비가 제안했다. 사람들은 보통 좋아하는 것보다는 싫어하는 것을 얘기할 때 더 적극적이니까 제이비의 생각이 훨씬 나은 것 같았다. 다만 마음에 걸리는 게 있어서 제이비에게 물었다.

"근데 선생님들에 대해 나쁜 얘기를 했다가 우리가 곤란해지는 건 아닐까?"

"왜 그런 생각을 해? 여긴 우리가 만든 사이트야. 학교에서 만든 게 아니라고. 뭐든지 우리가 원하는 걸 말할 수 있고, 아무도 그것에 딴지를 걸 수 없어."

"그래…… 어쨌든 선생님들은 그걸 읽지도 않겠지."

"또 몇몇 선생님은 정말 못됐잖아. 형편없는 선생님이 있다면 〈트루먼의 진실〉은 그걸 얘기하기에 안성맞춤이지. 사람들이 우리 사이트를 찾을 이유가 또 하나 생기는 거야."

그래서 투표 준비를 했다. 나는 모든 선생님의 이름을 적고 이렇게 제목을 달았다.

트루먼 최악의 선생님을 뽑아라!

제이비와 나는 참여율이 높은 것처럼 보이려고 각각 네 번씩 투표했다. 나는 몇 가지 곡만 뺑뺑 돌아가며 연주하는 예체능 담당 본햄 선생님에게 2표 찍었고, 국어를 가르치는 키니 선생님에게는 좋은 선생님이 아니라는 이유로 2표를 줬다. 제이비는 존스턴 선생님에게 4표를 주긴 했지만, 본햄과 키니 선생님에 대한 내 생각에는 동의했다.

그다음에 아무도 우리가 한 짓인 줄 모르게 하려고 다른 이름으로 로그인해서 댓글을 달았다. 마지막으로 나는 자유 게시판을 만들어 누구나 못된 선생님에 관한 이야기를 쓰거나 읽을 수 있도록 했다. 이렇게 하니 훨씬 그럴싸해 보였다.

"이제 애들이 우리 사이트를 방문하게 만드는 일만 남았어."

"맞아, 아무르. 우리에게 필요한 건 딱 한 가지야. 누구든 한 명만 방문하면, 소문이 퍼지는 건 시간문제야."

"그렇지. 인싸가 한 명만 걸리면 된다는 얘기지."

제이비가 고개를 끄덕였다.

"근데 어떻게 그 한 명을 유인하지?"

내 물음에 좋은 생각이 떠올랐는지, 제이비의 얼굴에 천천히 미소가 번졌다.

"내가 왜 진작 이 생각을 못했을까……."

브리아나

희한하게도 난 2층 여자 화장실에서 〈트루먼의 진실〉을 알게 되었다. 우리 말고는 아무도 사용할 수 없는 복도 끝 화장실에서 말이다. 누군가가 거울에 립스틱으로 이렇게 써 놓았다.

"〈트루먼의 진실〉을 확인해 봐."

우선, 난 누가 이 좋은 립스틱으로 써 놓았는지 의아했다. 그러다 곧 〈트루먼의 진실〉이 뭘까 궁금해졌다. 그래서 휴대폰을 꺼내 혹시 헤일리도 아는지 문자로 물어봤다. 그랬더니 바로 이렇게 답장이 왔다.

"모두가 그 얘길 하고 있더라. 넌 가 봤어?"

물론 그 후로 수없이 들어가 보았다. 하지만 이 메일을 쓰고 있는 지금, 그 사이트에 대해 절대 말하지 말걸 하며 후회하고 있다.

헤일리

난 립스틱으로 쓴 글을 본 적이 없다. 굳이 말해야 하는지 모르겠지만, 브리아나한테 그 얘길 듣기 전까지 나는 〈트루먼의 진실〉에 대해 들어 본 적도 없다. 하지만 브리아나에게 그걸 모른다는 티를 낼 수는 없었다.

종합정보실에서 과학 숙제를 하다가 〈트루먼의 진실〉을 찾아봤다. 그땐 머리카락이 푸르뎅뎅하고 괴상한 아이와 얼간이 같은 남자애가 그 일을 시작했다는 사실을 몰랐다. 누구도 그걸 쉽게 알아채지 못했을 거다. 꽤나 괜찮아 보이는 사이트였기 때문이다. 그곳은 우리 인싸 모임 중 누군가가 만들었음 직한 사이트였다. 만약 우리가 정말로 만들려고 작정했다면 말이다.

"뭐 하고 있어?"

옆에 앉아 있던 리스가 내 모니터를 뚫어지게 쳐다보면서 물었다. 초딩 때 리스와 나는 잠깐 사귀다 싫증이 나서 두 달 만에 헤어졌다.

"〈트루먼의 진실〉에 새 글이 있나 확인하고 있어."

"그게 뭔데?"

"우리 학교에 관한 사이트야."

별것 아니라는 듯이 내가 말했다.

리스는 콘웨이 선생님의 눈길이 미치는지 뒤돌아 확인하고 자기도 사이트에 접속했다. 곧이어 리스의 반대편에 앉아 있던 사라 머피도 우리가 뭘 하는지 궁금해했다. 피부가 정말 엉망인 그 인터넷광도 우리가 하는 일을 구경하려고 하던 일을 멈췄다.

나는 그 애가 정말 싫었다. 꼭 피부 때문만은 아니다. 그 애는 도통 말을 하지 않는다. 선생님이 수업 중에 이름을 불러도 그냥 앉은 채로 뒤를 돌아볼 것이다. 일어서지도, 칠판 앞으로 나와 수학 문제를 풀지도 않을 것이다. 그런 괴팍한 애가 내 뒤에서 고개를 내밀고 우리가 뭘 보는지 마치 자신의 일인 양 보고 있었다.

"저리 꺼져 줄래?"

그런데 어라, 내 말에 혀를 쑥 내미는 게 아닌가. 감히 누구 앞에서 혀를……. 기가 찰 노릇이었다.

사이트에는 트루먼 중학교의 허접한 교칙들이 나열되어 있었고, 그에 대한 자신의 생각을 쓸 수 있도록 되어 있었다. 스케이터듀드(Sk8terdude)란 아이디는 우리가 북쪽 계단을 사용할 수 없는 이유는 바로 선생님들이 쉬는 시간에 그곳에서 담배를 피우기 때문이라고 주장했다. 그리고 스위트피트(Sweetfeet)란 아이디는 교장 선생님이 뭔가 피우는 걸 보았는데 분명 담배는 아니었다고 말했다. 은근 재미있었다. 나는 그 내용을 그대로 긁어서 '트루먼 최악의 선생님'을 뽑는 투표 게시판에 퍼 날랐다.

명단을 쭉 보다가 레디 선생님을 클릭했다. 그가 지난주 시청각 수업 시간에 릴리와 내가 쪽지 주고받는 걸 나무라며 빼앗았기 때문이다. 그는 아예 보고 있던 영상을 끄고, 쪽지를 펼쳐 교실에 있는 아이들이 전부 들을 수 있도록 또박또박 읽어 주었다. 쪽지 내용은 죄다 브리아나가 새로 입은 셔츠와 그 애에게 노란색이 얼마나 안 어울리는지에 관한 것이었다. 레디 선생님이 쪽지를 읽을 때 브리아나의 얼굴을 봤어야 했다. 그 애는 매우 당황해서 어쩔 줄 몰라 했다. 물론 나한테 화가 난 건 두말할 필요도 없었다.

이 사건으로 무지막지한 싸움이 시작되었다. 다행히 생각보다 빨리 진정되긴 했지만, 아직 끝나지는 않았다. 이 모든 일이 레디 선생님 때문이었다. 정말 못된 인간이다.

난 투표를 하자마자 내가 아는 모든 친구에게 문자를 보내 '최악의 선생님' 투표에서 레디 선생님을 찍으라고 말했다.

릴리

학교 애들은 모두 제이비와 아무르가 이런 한심한 사이트를 만들었기 때문에 일이 벌어졌다고 생각한다. 하지만 내게는 사이트가 처음 오픈될 무렵, 누군가로부터 받은 메일이 발단이 되었다. 메일을 보낸 사람은 자신을 '밀크&허니(milkandhoney)'라 썼다. 도대체 누구인지 알 수 없었지만 어쨌든 열어 보았다. 메일은 달랑 한 줄뿐이었다.

넌 추락하게 될 거야!

어라? 이게 누구지?

엄마는 나한테 메일을 처음 받았을 때 왜 아무 말도 하지 않았느냐고 물었다. 하지만 그때는 대수롭지 않게 여기고 삭제 버튼을 눌러 버렸다. 그러고는 까마득히 잊고 있었다. 그런데 며칠 지나지 않아, 또다시 메일이 온 게 아닌가.

이번엔 이렇게 씌어 있었다.

아직도 〈트루먼의 진실〉을 보지 않은 거야? 그렇다면 가 보는 게…….

나는 이번 메일에 더 열이 받았다. 생판 듣도 보도 못한 사람한테 받은 두 번째 메일인 데다가, 가만히 앉아 당하는 것 같아서 속이 부글부글했다. 하지만 이번 메일엔 협박 같은 건 없었다. 그냥 질문 하나였다.

'아직도 〈트루먼의 진실〉에 가 보지 않은 거야?'

난 아직 가 보지 않았지만 얘길 들은 적은 있었다. 헤일리가 이틀 전에 메일로 말해 줬지만, 아직 확인해 보진 않았다.

메일을 읽고 나서, 그래도 혹시 몰라서 〈트루먼의 진실〉이 뭐 하는 데인지 궁금해서 들어가 봤다. 전부 우리 학교에 관한 내용이었다. 그런데 어디에도 주인장 이름이 나와 있지 않았다. 다만 제이비 바우어의 이름이 여기저기 올라 있는 걸 보니, 어쩌면 알아낼 수 있을 것도 같았다. 초등학교 때는 제이비와 친구로 지냈으니까. 또 제이비, 아무르, 나 이렇게 셋이서 별난 신문을 만든 적도 있었다.

〈트루먼의 진실〉은 제법 그럴싸해 보였다. 예전에 제이비가 만들었던 신문보다 훨씬 나아 보였다. 최소한 이번에는 사람들이 정말 읽고 싶어 하는 게 뭔지 다루고 있었다. 그런데 나는 밀크&허니가 누구이든 간에, 왜 그토록 여길 들어가 보라고 성화를 부리는지 도통 알 수가 없었다. 그때 세 번째 메일을 받았다.

릴리, 지금쯤 〈트루먼의 진실〉을 봤겠지? 금요일에 너를 소재로 특집 기사가 나갈 거야. 아마 깜짝 놀라겠지? 잊지 말고 들어가 보길. 실망하진 않을 거야. 물론 방문하지 않으면 실망하겠지만. ㅋㅋㅋㅋ

트레버

많은 애들이 이 일에 그토록 난리법석인 걸 보고 조금 놀랐다. 고작 몇 명이 인터넷에서 릴리 클라크를 두고 험담을 퍼부어 댄 것뿐인데 말이다.

나는 더 심한 일도 겪어 봤다. 화장실 변기에 머리를 박혀 보기도 하고, 내려오는 계단에서 떠밀려도 보고, 강력 접착제로 내 엉덩이와 의자가 합체된 적도 있다. 학교가 끝나면 매일 30분씩 종합정보실에 남아 콘웨이 선생님을 위해 책을 정리해야 했기에 난 다른 애들처럼 집에 갈 수도 없었다.

지난해에는 너무 괴로워서 상담 담당인 호튼 선생님을 만나러

갔다. 하지만 그건 나의 엄청난 실수였다. 선생님은 괴롭힌 사람이 누군지 이름을 대라고 다그쳤다. 그건 날 두 번 죽이는 일인걸 모르고 하는 소리다. 호튼 선생님에게 신경 쓰지 말라고 했더니, 선생님은 나를 다시 의자에 앉히곤 자신의 두 집게손가락 끝을 모아 작은 뾰족탑을 만들었다.

"좋아, 이번엔…… 아마도 네가 생각하는 것만큼 그렇게 나쁘진 않을 거야."

이미 내가 생각했던 것보다 훨씬 더 나빠졌는데, 선생님이 왜 그런 말을 하는지 알 수 없었다. 만약 당신이 화장실로 불려 가도 상관없다거나, 방과 후 다른 애들이 모두 떠날 때까지 종합정보실에 남아 있을 필요가 없다면, 그게 어떤 건지 알 턱이 없겠지. 그래서 난 그저 이렇게 말했다.

"글쎄요, 제 생각엔 그렇지 않은데요."

그러고 나서 자리에서 일어섰다. 그러나 호튼 선생님은 내 의자를 가리켰다.

"자리에 앉거라, 트레버."

선생님은 내가 자리를 뜨려고 하자 놀란 듯했다. 잔뜩 걱정 어린 표정으로 내게 말했다.

"이 얘기를 좀 더 해 보자꾸나. 너는 분명히 네 친구들과 문제가 좀 있더구나."

이게 무슨 소린가. '분명히'라니.

"너희 어머니하고 뭔가 관련이 있는 거니?"

"아뇨!"

나는 곧장 대답했다. 엄마하고는 아무 상관이 없으니까.

"음, 그렇다면 너는 왜 다른 애들과 그렇게 자주 문제를 일으키는 거지?"

마치 선생님도 알 수 없는 대단한 미스터리라는 듯이 물었다.

'나, 원 참, 이보세요 선생님! 이 학교는 온통…… 에휴, 관두자.'

나는 생각한 걸 말하려다가 입을 다물어 버렸다.

마지막으로 선생님은 내 삶을 바꿀 수 있는 뭔가를 알려 주려는 듯이 내 쪽으로 몸을 숙였다.

"있잖아, 트레버. 가끔은 미처 깨닫지 못하는 일들 때문에…… 다른 애들한테 따돌림을 당하게 되는 거야. 네가 함께 어울리기 위해 좀 더 노력한다면…… 다른 애들이 하는 것처럼 좀 더 노력한다면 말이지…… 아마 더 행복해지지 않겠니?"

내가 호튼 선생님에 대해 무슨 말을 하려는지 굳이 얘기하지 않아도 눈치챘을 것이다. 간단히 말해, 선생님의 충고는 다른 애들처럼 행동하라는 얘기였다. 다른 애들처럼 해라, 그러면 만사 오케이다. 맞는 말이다. 아무짝에도 쓸모없는 릴리 클라크 같은 애는 그렇게 했으니까.

익명

두 가지 버전으로 글을 쓰라니, 제이비 바우어는 그렇게 해 주길 바랐겠지. 학교 제출용과 사이트에 올릴 진실 버전 말이다.

어쨌든 난 하라는 대로 했다. 하지만 제이비에게 보낸 글도 전부 진실은 아니라는 걸 말해 둬야겠다. 진실을 모두 밝힐 수는 없으니까. 설령 제이비가 이름을 바꿔 준다 해도 트루먼 중학교를 다니는 사람이라면 내가 누군지 알아낼 수 있을 테니까.

그래서 나는 세 번째 버전의 이 글을 올리기로 했다. 읽는 것만으로는 내가 누군지 알 수 없을 것이다. 완전히 익명으로 썼으니까. 이 말은 내가 이전에 할 수 없었던 얘기들을 이번엔 할 수 있다는 뜻이다. 우선 내가 하고 싶은 말은 바로 이거다.

모든 애들이 릴리 클라크를 제물로 삼고 있다. 원래 릴리는 제물이 아니었다. 릴리는 뿌린 대로 거둔 것뿐이다. 두 번째로 말하고자 하는 것은, 난 오랫동안 릴리의 콧대를 꺾고 싶었다. 이따금씩 메일을 보내 약간 겁을 주면, 하늘을 찌르는 그 자만심이 수그러들 것 같았다.

그때 〈트루먼의 진실〉이란 사이트가 생겼다. 그 덕분에 나는 쉽게 릴리를 혼내 줄 수 있었다.

릴리

남자 친구 리스와 나는 학교가 끝나면 거의 매일 메신저로 쪽지를 주고받았다. 그 시간에는 엄마가 직장에 있기 때문에 좋았다. 엄마가 등 뒤에 서서 친구들과 무슨 얘기를 주고받는지 지켜보지 않을까 걱정하지 않아도 된다.

컴퓨터 앞에서의 내 행동은 항상 비슷했다. 첫 번째 창에서는 리스와 대화를 나눴고, 두 번째 창에서는 헤일리, 브리아나와 수다를 떨었으며, 세 번째 창에서는 다른 애들과 소식을 주고받았다.

헤일리와 브리아나는 매번 리스와 내가 무슨 얘기를 하는지 알려 달라고 조르곤 했다. 솔직히 말하면, 우린 그리 대단한 얘기를 나누지 않는다. 주로 함께 배우는 초급 수학이나 채소에 관한 사소한 잡담 정도.

언젠가 리스가 케첩을 채소라고 우기던 일이 기억난다. 난 양념이라고 주장하면서 20분가량 옥신각신했다. 리스는 정말 웃기는 애였다. 그게 바로 내가 걔를 좋아하는 이유다. 그만큼 그 애는 귀여운 짓을 해 댄다.

하지만 헤일리와 브리아나에게 리스와 나누는 잡담을 전할 수는 없었다. 그래서 얼렁뚱땅 넘어가려 했다.

–알고 싶지 않을 텐데?

–우우~~

브리아나가 쪽지를 보냈다.

그땐 내 삶이 제법 멋지다고 생각했다. 좋은 친구들, 귀여운 남자 친구, 인기…… 나는 모든 걸 가졌었다. 그런데 그 후 모든 게 날아가 버렸다. 그냥 그렇게.

브리아나

릴리가 남자 친구 도둑이란 걸 다들 모르지는 않겠지? 헤일리와 리스는 초등학교 6학년 때 사귀었고, 그걸 모르는 애들은 거의 없다. 우리와 함께 센트럴 초등학교를 다니지 않은 애들도 그걸 아니까 말이다.

그런데도 헤일리는 결코 릴리와 리스에 관해 볼멘소리를 한 적이 없다. 헤일리는 항상 이렇게만 얘기했다.

"오, 저 커플 완전 깜찍하지 않니?"

내 생각에 헤일리는 맘이 무진장 넓은 것 같다. 본심은 정말 괴로웠을 테지만.

하지만 릴리는 매번 그런 치사한 짓을 해 댔다. 완전 자기밖에 모르는 애다. 아마 그 때문에 이런 일이 생겼을 거다. 학교 애들이 릴리에 관해 그따위 글을 인터넷에 올린 것도 그런 이유에서일 거다. 친구의 예전 애인 꽁무니나 쫓아다니는 애에게 이러쿵

저러쿵 놀려도 그건 과한 일이 아닌 거다.

헤일리

그런데 왜 우리 모임은 웹사이트 같은 걸 만들 생각을 못 했을까? 우리야말로 학교에 대해 말해 줄 게 많은 사람들인데. 왜냐하면 그건…… 솔직히 말하면…… 우리가 이 바닥을 움직이고 있는 사람들이기 때문이다. 나, 브리아나, 리스 등등.

학교의 공식 신문인 〈트루먼의 소리〉는 부족한 게 많았다. 아무도 그걸 읽지 않았다. 그런데 학생들이 〈트루먼의 진실〉은 읽었다. 게다가 글까지 올렸다. 그걸 만든 애들을 칭찬해 줘야 마땅하다. 비록 그들이 우리 그룹은 아니라 해도.

그래서 난 생각했다. 아마 학교에서 우리 모임이 할 수 있는 다른 일이 있을 거라고 말이다. 말하자면 치어리더 팀 같은 것! 우리 학교엔 치어리더 팀이 하나도 없다. 이건 정말 아니다.

지난해 교장 선생님에게 우리가 치어리더 팀을 만들면 어떻겠냐고 물었지만 안 된다고 했다. 어이없게도 학교는 다른 활동을 지원할 만한 돈이 충분하지 않단다. 나는 돈이 들어갈 필요가 없을 거라고 했다. 릴리, 브리아나와 내가 축구팀, 농구팀, 야구팀을 위해 무료로 응원을 하겠다고 했다. 우리처럼 잘나가는 애들이 응원을 선보인다면 얼마나 멋질지, 안 봐도 뻔하다. 그런데도 교장 선생님은 여전히 치어리더 팀에 활동비를 주는 문제가 아니라, 지도 교사에게 보수를 주는 문제가 걸려 있다고 했다. 그래서 학교는 그렇게 할 수 없다는 거란다.

하지만 〈트루먼의 진실〉에도 지도 교사는 없다. 걔들이 누군지 모르겠지만 그들은 스스로 모든 걸 운영했다. 그래서 나는 또 생각했다.

‘왜 릴리, 브리아나, 나, 우리 셋은 독자적으로 치어리더 팀을 만들 순 없는 거지? 우리가 할 일은 멋진 의상을 입고 나와 응원만 하면 되는 건데! 혼자서 사이트도 운영하는데, 우리한테 무슨 지도 교사가 필요하겠어?’

그날 밤늦게 내가 문자를 보냈을 때, 릴리와 브리아나는 들떠서 난리를 쳤다. 그들은 한목소리로 말했다.

–와, 우리끼리 완벽하게 해 보자! 정말 멋지겠는데!”

–아마 〈트루먼의 진실〉인지 뭔지 우리 기사를 써 줄걸? 어차피 걔들도 비공식 신문이고 우리도 비공식 팀이잖아.”

내 얘기에 브리아나가 흥분이 되는지 한술 더 떠서 답장을 보냈다.

–그럴지도 몰라. 어쩌면 걔들이 우리가 응원하는 걸 영상으로 찍어서 사이트에 올릴지도 모르잖아.

–그럴지도 모르겠네.

내가 말했다.

나는 릴리의 답장을 기다렸지만 대답이 없었다. 아마도 리스가 릴리에게 문자를 보내고 릴리는 그에게 답장을 하고 있을 것이다. 리스는 귀엽긴 한데 짜증 나는 녀석이다. 이 녀석은 인터넷에 접속하면 상대방이 다른 걸 모두 멈추고 자기에게 집중하기를 바란다. 자기중심성. 이게 바로 내가 걔를 차 버린 이유다.

어쨌든 나는 〈트루먼의 진실〉에 메일을 보내 우리 학교에도 이제 비공식 치어리더 팀이 생겼다는 걸 알리고, 금요일 경기에 와서 우리를 취재하고 영상을 찍어 사이트에 올리라고 썼다. 우리는 그들의 다음번 특집 기사 주인공이 될 수 있을 것이다!

제이비

아무르에게 전화가 왔다. 답장을 해야 할 메일을 몇 개 받았다고. 메일은 〈트루먼의 진실〉 운영자 앞으로 온 것이었다.

"몇 개나 된다고? 아무튼 메일이 한 개는 넘는다는 말이지?"

"그래."

나는 당장 아무르네 집으로 달려갔다.

한 통은 헤일리에게서 온 것인데, 생전 듣도 보도 못한 치어리더 팀에 대해 헛소리를 해 대고 있었다. 그걸 〈트루먼의 진실〉에서 어떻게 다뤄야 할지 고민하는 심정이 어땠을지 상상해 보라.

나는 아무르 옆에 놓인 의자에 털썩 주저앉아 이렇게 물었다.

"헤일리한테 온 메일도 있다고 왜 말 안 했어?"

"누구한테 온 게 무슨 상관인데? 중요한 건 〈트루먼의 진실〉을 읽은 사람한테 메일이 왔다는 사실이야."

나는 그저 아무르를 째려보기만 했다. 아무르는 내가 헤일리와 릴리, 그리고 그따위 속물 패거리들을 어떻게 생각하는지 알고 있다. 그런데도 나처럼 느끼지는 않나 보다.

"문제는 말이야."

아무르가 말을 꺼냈다.

"좋든 싫든 간에, 만약 헤일리, 릴리, 리스 같은 애들이 〈트루먼의 진실〉을 읽었다면, 걔 친구들도 읽었을 거야. 게다가 패거리가 모두 읽었다면 학생 전부가 읽었다는 거고."

"그래, 하지만 아무도 우리가 만들었다는 걸 모르잖아. 애들이 우리가 만들었다는 걸 알면, 누가 그걸 읽기라도 하겠어? 사이트에 올린 글들이 모두 우리 짓이란 걸 헤일리가 안다면 걔가 그걸 읽을 거라고 생각해?"

"잘 모르겠어. 그래서 메일에 어떻게 답장을 해야 할지 고민해봐야 하는 거라고. 우리가 어떻게 걔네 치어리더 팀 얘기를 쓸 수 있겠어. 우리가 계속 익명이라면 모를까……."

아무르가 잠깐 말을 끊었다가 다시 이어 갔다.

"우리는 계속 익명으로 남아 있어야 해, 안 그래?"

"당연하지. 우린 꼭 익명이어야 해. 그 말은 우리가 걔네 기사를 다룰 수 없단 뜻이야."

"아니, 하지만 걔들보고 직접 글을 써서 올리라고 말해 줄 수는 있지. 걔네 스스로 영상을 찍을 수도 있잖아. 올리는 방법만 안다면 말이야."

나는 얼굴을 찡그렸다. 〈트루먼의 진실〉에 치어리더 얘기 따위를 올리고 싶진 않았다. 아무르가 일그러진 내 얼굴을 보면서 이렇게 지적했다.

"우린 모두를 위한 신문이라고 선언했잖아. 모두라고 하면 헤일리와 그 패거리들도 포함하는 거 아냐?"

나는 한숨을 쉬었다. 이럴 때만큼은 '우리 모두의 신문'이 아니었으면 좋겠다. 하지만 아무르의 말은 일리가 있었다. 우리는 헤일리에게 답장을 보냈다.

헤일리 님

〈트루먼의 진실〉은 모두를 위한 사이트입니다. 이 말은 누구나 글과 사진 또는 영상을 올릴 수 있다는 말이지요. 치어리더 팀에 관해 당신이 원하는 글과 영상을 자유롭게 올리세요. 만약 올리는 법을 모른다면 다시 메일을 주시기 바랍니다. 분명히 모든 사람이 어떻게 당신이 치어리더 팀을 시작하게 되었는지 알고 싶어 할 것이며, 여러분의 영상을 보고 싶어 할 것입니다.

—〈트루먼의 진실〉 운영자

아무르는 모든 애들이 헤일리가 어떻게 치어리더 팀을 꾸리게 되었는지 정말 알고 싶어 할 거고(마치 정말 대단한 일인 것처럼), 그들의 영상을 보고 싶어 할 거라는 식의 사탕발림이 필요하다고 생각했다. 그래서 헤일리와 그 친구들이 계속 사이트를 방문하게끔 해야 한다고 주장했다. 그런 말을 쓰자니 죽을 맛이었지만, 할 수 없었다. 사이트를 위해서.

"나머지 메일은 누구한테서 온 거지?"

헤일리에게 답장을 보낸 뒤에 내가 물었다.

"난 잘 모르겠는걸. 여기 아이디가 '코믹북히어로365(Comicbookhero365)'라고 되어 있네. 혹시 누군지 알겠어?"

"전혀 모르겠는데."

트레버

나는 만화책에 빠져 있다. 읽는 것뿐만 아니라 그리는 것도 좋아한다. 내가 그린 것 중에는 이런 만화도 있다. 그건 수학 하나는 끝내주게 잘하는 얼간이 네로에 관한 얘기다. 중학교 3학년인 네로는 친구가 별로 없다. 친구들은 그를 인간 계산기라며 괴롭혔다. 그런데 어느 날 그가 한 부랑자를 구하게 되고, 그 부랑자에게서 초능력을 받아 세상을 구한다는 얘기다. 남들은 비웃을지 모르겠지만, 내 생각엔 줄거리도 괜찮고 그림도 꽤 좋다.

나는 〈트루먼의 진실〉 운영자가 만화도 게재할 생각이 있는지 궁금했다. 내가 원하는 건 내가 누구인지 알리지 않는 것뿐이다. 솔직히 말해 난 학교에서 왕따이기 때문이다. 이건 아마 전교생이 알고 있는 사실일 것이다. 만약 애들이 내가 중3짜리 슈퍼 영웅의 만화를 그리고 싶어 한다는 걸 알면 놀릴지도 모른다.

물론 내가 어떤 만화를 그리더라도 비웃을 것이다. 학교에서 애들은 항상 날 놀려 먹으니까. 걔들이 왜 비웃는지 영문을 모를 때도 많았다. 하지만 사람들은 모두 만화를 좋아한다. 잘나가는 애들도 만화를 좋아한다. 만화를 좋아하지 않는 사람은 아마 없을 거다.

그래서 나는 내 아이디어를 적어 〈트루먼의 진실〉에 메일을 보냈다. 그동안 그려 놓은 만화 몇 컷을 스캔해서 첨부했고, 그들에게 내가 그림을 그릴 수 있다는 것과 만화를 올리는 방법도 안다는 사실을 알렸다. 그들에게 줄거리의 일부를 공개했지만, 그들이 별로라고 한다면 완전히 새로운 만화를 그릴 수도 있다고 말했다. 사람들이 원한다면 어떤 만화도 그릴 수 있다.

나는 '코믹북히어로365'라는 이름으로 메일을 보냈는데, 그건 내 메일 주소이기도 했다. 아무도 그게 누군지 모를 것이라고 확신했다. 주변에선 아무도 내가 그림을 그린다는 사실조차 모른다. 나는 '보내기' 버튼을 누르려 했지만 쉽게 클릭할 수가 없었다.

〈트루먼의 진실〉 운영자들이 누구든 간에 내 만화에 별로 관심이 없을 것만 같았다. 중학생을 위한 사이트든 신문이든, 뭐든지 간에 전문성이 있어 보였다. 그곳에 만화를 올리고 싶다는 연습생이 열 명은 줄 서 있을 터였다. 그 열 명은 아마 나보다 실력도 인기도 더 나을 것 같았다.

하지만…… 만화를 그리겠다고 신청한 사람이 아무도 없다면? 사람들은 정말로 만화를 보고 싶어 하는데?

내가 메일을 보내지 않는 한 절대 알 수가 없을 터였다. 그래서 마음이 바뀌기 전에 '보내기' 버튼을 과감히 눌렀다.

45분 뒤 답장을 받았다.

코믹북히어로365 님

〈트루먼의 진실〉은 모두를 위한 사이트입니다. 누구나 글을 쓸 수 있고 그림, 영상, 또는 만화를 올릴 수 있다는 뜻입니다. 우리는 당신의 만화가 굉장히 마음에 듭니다. 도움이 필요하다면 회신 주세요.

–〈트루먼의 진실〉 운영자

와우! 내가 제대로 읽은 건가? 내가 그린 만화가 맘에 든다고? 그것도 굉장히?

메일을 읽는 순간 소름이 돋았다! 이 일은 여태껏 내게 일어난 최고의 일 중 하나였다.

나는 모든 애들이, 심지어 잘나가는 애들까지도 코믹북히어로

365가 누군지 알아내려고 법석을 떠는 상상을 해 봤다. 그리고 그게 바로 나라는 사실이 밝혀지면, 모두 다가와서 이런 말을 하겠지.

"트레버! 네가 그렇게 대단한 놈인 줄 꿈에도 몰랐어!"

파티마다 초대받고 헤일리 같은 여자애들이 나를 둘러싸면 정말 좋겠다. 너무 바빠서 더는 코믹북히어로가 될 수도 없었으면 좋겠다.

릴리

헤일리는 트루먼의 중딩 몇 명이 비공식 사이트를 만들었으니, 까짓것 브리아나랑 나랑 셋이서 치어리더 팀을 충분히 꾸릴 수 있다고 생각했다. 전에 말했던 것처럼, 난 제이비 혼자서 그 사이트를 만들었다고 짐작했다. 어쩌면 아무르도 같이 했는지도 모른다. 아무르는 컴퓨터라면 모르는 게 없으니까. 여럿이 만들었을 리는 없다. 어쨌든 난 헤일리와 뜻을 같이해야만 했다. 만약 걔들이 비공식 신문이나 사이트를 만들었다면, 우리도 비공식이나마 치어리더 팀을 만들 수 있는 거다. 다만 우리가 금요일까지 그 일을 다 준비할 수 있을지 약간 걱정이 앞섰다.

우리는 캐시, 카일리, 모건 등 이 일을 함께 하고 싶어 하는 애가 많다는 걸 알고 있었다. 하지만 헤일리, 브리아나, 나는 우리 셋이서만 해야 한다고 생각했는데, 그건…… 허풍 떨 생각은 아니지만 우리야말로 모든 이의 주목을 받는 최고의 여학생이기 때문이다.

게다가 헤일리는 〈트루먼의 진실〉 운영자가 누구든 간에 우리에 대한 기사를 써 줄 거라고 생각했다. 하지만 그게 정말로 제이비의 사이트라면, 그 애는 분명 써 주지 않을 거란 사실을 알고 있었다. 제이비는 치어리더에 대해 부정적인 생각을 갖고 있었고, 분명 자신의 대단한(?) 사이트를 위해 우리 얘기 따위를 올리지 않을 것이다.

그런데 사이트 운영자가 우리더러 글을 올려도 좋다고 했을 때 조금 놀랐다. 게다가 영상을 올려도 좋다고 한다. 사실 그 때문에 〈트루먼의 진실〉이 정말로 제이비가 만든 사이트일까, 잠시 의심했다.

브리아나는 자기 오빠한테 촬영을 부탁할 거라고 했다.

"어쨌든 지금 우린 동작을 좀 배우기만 하면 돼!"

헤일리가 말했다. 또 어떤 옷을 입을지 정해야 했고, 응원 도구도 필요했다. 수요일에는 수업이 끝나고 셋이 모여서 여러 가지 응원 방법을 찾아보았다. 그리고 목요일에는 브리아나의 집으로 가서 세 시간 동안 쉬지 않고 배운 모든 걸 연습했다. 우리가 너무 멋있어 보였다는 게 놀라웠다!

일단 우리가 금요일 오후에 일을 망칠 것 같지는 않다는 생각이 들자 흥분되기 시작했다. 난 항상 치어리더가 되고 싶었고, 축구 선수인 남자 친구를 두고 싶었다(그게 바로 리스다). 부모님도 고등학교 시절에 엄마는 치어리더, 아빠는 축구 선수였다. 만약 두 분이 우리 학교 경기에 등장한다면 무척 멋진 일일 것 같다. 어쩌면 두 분은 자신들이 처음 만났을 때를 돌이켜 볼 계기가 될지도 모른다.

하지만 아빠를 본 지 6개월이나 지났다는 걸 생각하면…… 꼭 그럴 것 같지도 않았다. 아빠는 우리와 겨우 80킬로미터 떨어진 곳에서 살고 있지만.

첫 경기를 위해 준비할 게 너무 많았기에 나는 밀크&허니에 대해 생각해 볼 여유도 없었다.

경기를 막 앞둔 기분이 어땠냐고? 그때야말로 내 기억 속에서 가장 행복했던 마지막 순간이었다.

제이비

아무르는 나랑 가장 친한 친구지만, 이슬람교 신자이기 때문에 학교가 끝난 직후에는 아무것도 하지 않고 30분 동안 기도를 해야만 했다. 그래서 나는 때때로 방과 후에 콘웨이 선생님과 종합정보실에서 시간을 보내곤 했다. 난 선생님과 책에 대해 이런 저런 얘기를 나누는 걸 좋아했다. 그 시간 종합정보실에는 트레버 피어슨과 사라 머피 말고는 아무도 없었기에, 선생님과 얘기하기에 가장 적당한 때였다.

하루는 종합정보실에 들어갔는데 릴리, 헤일리, 브리아나 이렇게 셋이 컴퓨터 앞에 앉아 있었다. 근처에만 가도 걔들의 향수 냄새가 진동했다.

내가 돌아서서 걸어 나가는데 콘웨이 선생님이 불렀다.

"제이비, 이리 와 보렴. 지난주에 내가 얘기한 책이 들어왔어."

선생님이 어떤 책을 말하는지 알고 있었다. 여성 저널리스트에 관한 책. 나는 정말로 그 책을 읽고 싶어 안달을 했었다. 숨을 고르고 걔들 옆을 지나 안내 데스크로 가서 책을 받았다.

"한동안 보이지 않던데."

선생님이 책을 살펴보면서 내게 말했다.

"네, 학교 일로 좀 바빴어요."

나는 선생님에게 〈트루먼의 진실〉에 대해 얘기하고 싶었다. 아마도 이렇게!

'거봐요, 내가 〈트루먼의 소리〉를 그만둬도 괜찮잖아요. 이걸 보시라고요. 아무르와 내가 만든걸. 이게 〈트루먼의 소리〉보다 훨씬 낫다는 생각 안 드세요?'

하지만 아무르와 내가 누구에게도 〈트루먼의 진실〉이 우리 작품이라고 발설하지 않을 작정이라면, 콘웨이 선생님에게도 입 다물고 있어야 했다.

아무르

제이비와 나는 완전 신났다. 〈트루먼의 진실〉이 애들 사이에서 무진장 유명해졌기 때문이다. 우리 학년 애들이 사이트에 들어가는 걸 보기도 했다. 그럴 때마다 나는 생각했다.

'그게 바로 우리 사이트야. 나랑 제이비가 만든 거라고.'

금요일 오후 늦게 제이비가 찾아왔을 때 나는 들뜬 마음에 이렇게 말했다.

"우리가 말한 대로야. 누구 하나가 사이트를 찾게 만드는 게 필요했어."

"하지만 그게 헤일리 우드였다는 게 좌절이다."

제이비는 겉옷을 내 침대로 던지며 투덜댔다.

"그런 생각 마. 헤일리나 리스같이 네가 싫어하는 애들도 사이트의 사용자가 될 수 있는 거야. 안 그래?"

"그래……."

"음, 일단 우리가 걔들을 이용하고 있는 거잖아. 걔들의 인기를 이용해서 우리 사이트의 인기를 높일 수 있을 거야."

"거참, 흥미롭네."

"그러니 이제 우리 사이트가 얼마나 인기 있을지 지켜나 보자고."

제이비는 의자를 바짝 끌어당겨 앉았고, 나는 로그인을 했다.

"이것 좀 봐!"

내가 모니터를 가리키며 소리 질렀다. 기대 이상이었다.

"벌써 472명이 다녀갔어!"

제이비의 눈은 밖으로 튀어나올 지경이었다.

"전교생의 절반이네."

"그러게, 만약 한 사람이 두 번 이상 들어오지 않았다면 말이지. 그래도 훌륭한걸! 아주 좋아."

"애들이 방문해서 뭘 봤는지 보자. 그냥 읽기만 했을 수도 있고, 아니면 댓글을 달거나 새 글을 올리기도 했겠지?"

나는 제이비가 사이트에 접속하는 걸 지켜보았다.

"사람들이 댓글을 달았는걸!"

제이비가 놀라서 소리쳤다. 대부분의 글에 두세 개의 댓글이 달려 있었고, 교칙에 대한 글에는 일곱 개나 달려 있었다.

"봐봐. 투표 게시판도 팍팍 돌아가고 있어."

나는 투표 게시판을 가리키며 말했다. 레디 선생님은 여전히 최악의 선생님 투표에서 가장 많은 표를 받고 있었다. 하지만 수학 담당인 코너 선생님은 공연히 애를 먹고 있었다. 코너 선생님은 제법 훌륭한 분이라고 생각했기 때문에, 난 눈이 휘둥그레졌다. 심지어 상담 담당인 호튼 선생님마저 2표를 얻고 있었다.

"애들이 계속 우리 사이트를 찾도록 글을 좀 더 올려야겠다."

제이비가 말했다.

"우리가 직접 말이야?"

"그럼 다른 애들도 새 글을 올리지 않겠어? 아마 만화를 그리고 싶어 하는 애도 곧 첫 작품을 올릴 거야. 게다가 오늘 축구 시합이 있으니까 이번 주엔 헤일리도 영상을 올릴 테고."

제이비는 그 생각에 코를 잠깐 찡그렸지만 계속해서 화면을 아래로 훑어 내려갔다.

"이것 좀 봐! 누가 새로운 투표거리를 올렸네."

"정말? 오, 이런!"

"뭔데? 뭐가 잘못됐어?"

나는 뭐가 잘못됐는지 알게 되었다.

우리 학교 최고의 왕재수는 누구일까요?

나는 새로 올라온 제목을 큰 소리로 읽었다. 근데 단순히 질문에 그치는 게 아니었다. 질문을 클릭하면 사진 한 장이 나타났다. 엄청 뚱뚱한 여학생의 초딩 시절 사진이었다. 누가 올렸는지 모르지만 사진 속 주인공이 누군지는 밝히지 않았다. 그게 누구인지 추측하기를 유도한 거였다. 그게 이번 투표의 목적이었다.

그나저나 나는 단 1초도 고민할 필요가 없었다. 걔가 누군지 단박에 알았으니까. 아무르도 마찬가지였다. 후버 초등학교를 다닌 사람이라면 누구나 알아맞힐 수 있을 것이다. 그건 바로 릴리 클라크였다.

"이런! 저 사진을 아무나 보게 놔둬도 되는 거야?"

아무르가 말했다.

나는 기름진 머리에 웃음기라곤 없는 통통한 여자애의 사진을 다시 쳐다보았다. 그 순간 나, 릴리, 아무르가 함께 어울리던 기억이 눈앞을 스쳐갔다.

나는 아무르의 집에서 세 집 건너에 산다. 릴리는 아무르의 집에서 길을 건너 아래로 두 집을 더 내려간 곳에서 산다. 세 집이 모두 같은 시기에 지어졌기에, 이사도 모두 비슷한 때에 왔다. 유치원에 입학하기 전 여름에.

유치원을 함께 다닐 때부터 초등학교 때까지 우리 셋은 모든 걸 함께했다. 함께 학교에 다녔으며 릴리의 그네, 아무르의 컴퓨터, 그리고 1학년 때 우리 집 뒤쪽 숲속에서 발견한 낡은 나무 집을 오가며 뛰놀면서 오후를 보냈다. 릴리는 그때 뚱뚱하지 않았다. 여름엔 수영장에서 놀고, 겨울에는 릴리의 집 뒤뜰에 있는 언덕에 눈으로 요새를 만들며 시간을 보냈다. 우리는 자전거, 스케이트, 야구, 게임도 같이 배웠다.

부모님들도 친구처럼 지냈다. 그래서 주말에는 세 가족이 함께 지내곤 했다. 여름에는 부모님들이 고기를 구워 주셨고, 우리가 동네에서 뛰노는 동안 뒤뜰에 있는 모닥불 주변에 모여 계셨다. 겨울에는 피자를 주문하고 게임도 하고…… 무슨 게임이었는지는 잘 모르지만, 우리 셋이 방에서 노는 동안 부모님들은 게임을 하시곤 했다.

5학년이 되었을 때 릴리의 부모님은 이혼을 했다. 릴리와 그 애 엄마는 집에 남았지만, 우리 가족과는 전처럼 지내지 못했다. 우리 셋은 잠시 어울렸지만, 세 가정은 더 이상 전처럼 지내지 못했다.

릴리는 5학년 때 살이 찌기 시작하며 몸무게가 많이 불어났다. 그때까지 릴리는 땅꼬마였지만 5, 6학년 때는 뚱보가 되었다. 하지만 아무르와 나는 릴리에게 상처가 될 만한 얘기는 결코 하지 않았다. 릴리는 친구니까 어떻게 보여도 상관없었다. 게다가 릴리가 힘든 시기를 겪고 있다는 걸 알고 있었다.

초등학교 시절 마지막 방학 때였다. 릴리는 방학 내내 캠프에 갔는데, 다시 돌아왔을 때는 갑자기 날씬해져 있었다. 완전히 딴 사람처럼 보였다. 새로운 헤어스타일에 새 옷을 입고 체조를 배우기 시작했다. 릴리가 헤일리와 브리아나를 만난 건 그곳에서였다. 헤일리와 브리아나는 우리와 다른 초등학교 출신이었지만, 우연찮게 우리는 모두 같은 중학교에서 만나게 되었다.

중학교 1학년 때는 애들 대부분이 여전히 초등학교 친구들과 친하게 지내곤 했다. 하지만 릴리는 체조를 배우면서 만난 새 친구들과 어울리기 시작했다. 걔들이 하는 일이라곤 모여 앉아서 헤어스타일과 화장법, 그리고 남자애 얘기를 하는 것뿐이었다. 릴리는 우리에게서 멀어졌다.

"제이비?"

아무르가 팔꿈치로 나를 건드렸다.

"응?"

"뭘 생각하고 있는 거야? 우리가 이걸 그대로 놔둬도 되는 거냐고?"

글쎄…… 우리는 이미 이곳을 모두를 위한 사이트라고 말했다. 누구든 글을 올릴 수 있고, 누구든 댓글을 달 수 있다. 첫 화면에 이 모든 얘기가 씌어 있었다. 그런데 우리가 어떻게 이제 와서 딴소리를 할 수 있을까. 최악의 선생님 투표에서 받은 몇 표와 우리가 올린 글에 두어 명의 댓글을 제외하면, 이것은 우리가 아닌 다른 사람이 올린 최초의 글이었다. 우리는 글을 내릴 수가 없었다. 설사 그게 좀 비열한 짓일지라도.

나는 어깨를 움츠렸다.

"그저 사진 한 장일 뿐이야, 안 그래? 별문제 있겠어."

"맞아. 별거 아냐."

"게다가 사실이잖아."

5, 6학년 때 릴리의 모습은 정말 그랬다. 더도 아니고 덜도 아닌 딱 릴리의 과거였을 뿐, 더 이상 말할 것도 없었다. 그래서 우리는 사진을 그냥 두기로 했다.

브리아나

"난 고딩 축구 경기도 보러 가지 않거든. 근데 왜 내가 중딩 경기엘 가냐?"

마크 오빠가 마치 총알을 쏘듯 말했다.

"그래야 나랑 헤일리, 릴리가 응원하는 모습을 촬영할 수 있을 거 아냐. 그걸 학교 사이트에 올려야 한다고."

"나더러 영상 찍고 편집도 해서 사이트에 올리라고?"

오빠는 그게 대단한 일이라도 되는 듯 말했다. 설사 그렇다 해도 오빠는 고등학교에서 혼자 영상 관련 동호회를 운영하고 있었다. 오빠는 영상이나 웹사이트 관련한 일을 정말 좋아했다.

"글쎄, 오빠가 나한테 방법을 알려 주면 내가 직접 할 수도 있지만."

작은 목소리로 답했다. 나는 오빠한테 뭘 배우는 게 정말 싫었다. 오빠는 항상 너무 급하게 알려 주면서 내가 그걸 기억 못 하면 멍청이로 취급했다.

"맞아. 스스로 뭔가 할 수도 있겠지. 근데 혼자서 뭘 해 본 지가 언제지?"

책임지고 오빠를 데려오라는 헤일리의 당부가 아니었다면, 나는 당장 밖으로 뛰쳐나갔을 것이다. 누가 이런 모욕을 참을 수 있겠는가. 하지만 난 헤일리한테 오빠가 우리 부탁을 거절했다는 말을 할 자신이 없었다.

"제발, 오빠! 오빠가 진짜 필요하단 말이야. 중요한 일이라구!"

"하핫, 중요한 일이라고?"

오빠는 콧방귀를 뀌었지만 결국 해 주겠다고 약속했다. 대신 다음 주 내내 오빠의 설거지 당번을 대신하는 조건으로.

릴리

응원복은 고딩 치어리더 언니들이 입는 주름치마와 스웨터가 좋을 것 같다. 또 되도록 우리 학교의 상징 색깔인 짙은 감색과 흰색이면 더 좋을 것이다. 하지만 그것들을 구하기에는 시간이 너무 없어서 우리는 짙은 청색 반바지에 학교 티셔츠를 입기로 했다. 그러고 나서 상점에서 작은 응원용 방울을 구했다. 좀 어설퍼 보이긴 했지만 최소한 흔들 만한 걸 구하긴 했다. 금요일이 다가올 무렵 우린 모든 준비를 끝냈다.

헤일리, 브리아나, 나 이렇게 셋은 대단한 비밀을 감추고 있자니 하루 종일 너무 흥분되었다. 우리는 리스는 물론이고 다른 애들한테도 금요일에 치어리더의 응원을 보게 될 거란 말을 하지 않았다. 캐시, 라일리, 모건에게는 약간의 여지를 줄 수도 있었지만, 그들에게도 입을 닫았다. 이젠 깜짝 놀랄 일만 남았다!

학교가 끝나고 우리는 화장실로 가서 옷을 갈아입었다. 그러고는 서로 몸을 부딪치며 뒤쪽 계단을 내려가면서 킥킥거리고 웃었다. 우린 축구 선수들이 나오기 전에 먼저 운동장에 도착해야 했다. 그래야 선수들이 나올 때 짠~ 하고 응원을 시작할 수 있다. 고딩 언니들도 이런 식으로 했으니까.

우리가 도착했을 때 운동장 주변엔 사람들이 별로 많지 않았다. 학교 끝나고 온 애들과 퇴근하고 들른 학부모 몇 명이 고작이었다. 학교 경기장엔 지붕이 없었기 때문에 사람들은 담요를 덮고 앉아 있었다.

헤일리, 브리아나, 나는 살짝 뒤꿈치를 들고 사람들 주변을 지나 앞쪽으로 갔다. 치어리더들은 앞쪽에 있어야 하니까. 그런 다음, 잔디에 무릎을 굽히고 앉아 선수들이 나오길 기다렸다. 좀 있으면 아무도 하지 않던 일이 벌어질 것을 알고 있었기에, 우린 서로 팔짱을 끼고 싱글거렸다.

“봐, 저기 선수들이 나온다!”

브리아나가 체육관 문 쪽을 향해 고개를 돌리며 말했다. 헤일리와 나도 몸을 슬쩍 돌렸다. 리스가 앞장서서 선수들을 이끌고 나오는 모습을 보자 나는 다리에 힘이 풀릴 지경이었다.

“시작할 시간이야.”

헤일리가 나와 브리아나를 팔꿈치로 찌르면서 말했다. 우리는 모두 일어서서 응원용 방울을 흔들기 시작했다.

“가자, 타이거스. 가자!”

우리가 작은 목소리로 쭈뼛거리며 응원을 시작하자 브리아나가 킥킥대며 웃었다. 하지만 헤일리가 브리아나를 째려보며 조용히 하라고 했다. 우리가 좀 더 진지해지고 목소리도 점점 커지자 사람들이 우리를 쳐다보았다. 학부모, 학생, 선수, 감독, 모든 사람이.

그중에는 나와 국어 수업을 같이 듣는 애들도 있었는데, 나를 뚫어져라 쳐다보며 서로 귓속말을 하는 바람에 약간 당황스러웠다.

'왜 귓속말을 하는 거지? 우리 옷에 무슨 문제라도 있는 걸까? 발동작이 서로 안 맞았나?'

헤일리와 브리아나는 그래도 응원을 계속하면서 방울을 흔들었다. 나도 똑같이 하려고 노력했지만 사람들이 무슨 생각을 하는지 알 수 없다는 게 참기 어려웠다. 사람들이 우릴 보며 즐거워할까, 아니면 바보 같다고 생각할까?

그때 리스와 몇몇 선수들이 나를 보며 웃음 짓는 게 눈에 들어왔다. 그러자 평정심이 생겼다. 경기를 보던 사람들 중 몇 명이 우리를 따라서 응원하기 시작했다.

"가자, 타이거스. 가자!"

장내 아나운서가 선수들을 소개할 때, 우리는 때 맞춰 환호하며 옆으로 재주넘기를 했다. 나는 감독들이 멈추라고 할까 봐 걱정이 되었지만, 다행히 그런 일은 없었다. 그래서 우리는 경기 내내 자신 있게 응원을 펼칠 수 있었다.

내 생각에 사람들은 우리가 함께하는 걸 좋아하는 것 같았다. 적어도 우리 팀 응원단은 그랬다. 상대편 응원단은 우리가 가 버렸으면 좋겠다는 듯이 인상을 구겼다. 그들은 경기에 지고 있어서 화가 난 것 같았다. 더구나 치어리더도 없었으니까.

〈트루먼의 소리〉에서 일하는 어떤 아이가 경기 도중에 사진을 찍었다. 우리 모습을 찍기도 했다. 경기가 끝난 후에는 우리에게 몇 가지 질문을 던지기도 했으니, 곧 기사가 실릴 것이다. 헤일리는 우리가 치어리더 팀을 만들게 된 얘기와 관련해서 세 페이지짜리 기사를 써서 〈트루먼의 진실〉에 올렸다. 게다가 브리아나의 오빠 덕분에 거기에 올릴 영상까지 챙겼다. 내 인생 최고의 오후처럼 느꼈던 날이었다.

집에 돌아온 나는 손에 잡히는 것을 모조리 집어 던졌다. 가장 큰 이유는, 아빠가 결국 추수 감사절 때 나와 함께할 수 없다는 말을 엄마에게 들었기 때문이었다. 꿈에도 생각하지 못했던 일이다. 출장 때문이라나 뭐라나. 하지만 의기소침해지지 않기로 결심했다. 방금 전에 환상적인 오후를 보냈으니까. 좋은 일만 생각하기로 하고, 엄마에게는 메일이나 확인해야겠다고 말했다.

나는 기대로 가득했다. 나와 헤일리, 브리아나가 얼마나 대단했는지, 그리고 트루먼 중학교에 이제 치어리더 팀이 생겼으니 얼마나 멋진 일인지 누군가 말해 주길 기대했다. 하지만 수신함에는 달랑 한 개의 메시지만 있었다. 바로 밀크&허니한테 온 것이었다.

릴리에게

장담하건대 나는 학교에서 가장 인기가 있는 여자애들 중에서 한 명을 골라서 가장 인기 없는 애로 만들어 버릴 수 있어. 내가 누군지 아무도 모르게. 그리고 내가 어떻게 그렇게 할 수 있는지 누구도 모르게 말이야. 내가 누굴 점찍어 뒀는지 긴장하는 게 좋을걸. 아무튼 〈트루먼의 진실〉을 확인하는 걸 잊지 말라고!

—너의 '친구' 밀크&허니

대체 왜 이따위 사이트 때문에 야단법석인 거지? 나에 대한 얘기인가? 밀크&허니는 내가 그 사이트를 열어 보기를 무척 바라고 있는 것 같았다. 나는 〈트루먼의 진실〉을 검색창에 입력했다. 처음엔 전에 본 것과 마찬가지로 새로운 글은 없는 것처럼 보였다. 하지만 그때 새로운 제목을 발견했다. 전에 본 것과는 다른 것을.

우리 학교 최고의 왕재수는 누구일까요?

그리고 그 밑에는…… 초등학교 6학년 때 찍은 내 사진이 떡하니 있었다. 순간 몸이 굳어 버렸다. 나는 5, 6학년 때 사진을 모조리 잘라 버렸다. 엄마는 이제 더는 예전 사진을 간직할 수 없게 된 거라며 마구 화를 내셨다. 하지만 난 신경 쓰지 않았다. 이 사진들이 하나도 없다면 내가 그토록 뚱보였다는 걸 아무도 모를 테니까.

하지만 사실 내 모습은 그랬다. 이 사진이 바로 그 증거였다. 온몸이 흔들리기 시작했다.

사실 사이트 어디에도 사진의 주인공이 나라는 말은 없었기에 내 친구 누구도 그게 나라는 사실을 모를 것이다. 처음에는 모를 것이다. 하지만 후버 초등학교를 다닌 애라면 누구나 알게 될 텐데. 그렇게 되면 전교생에게 들통나는 건 시간문제였다.

나는 속으로 별일 아니라고 되뇌었다. 또 내 친구들도 상관 안 할 거라며 스스로를 위로했다. 하지만 생각을 하면 할수록 확신할 수 없었다. 이런 말을 꺼내긴 싫지만, 우리 모임의 여자애들은 변덕이 죽 끓듯 한다. 지금 당장은 캐시, 카일리, 모건이 모임에 속해 있지만, 영원히 함께하진 않을 것이다. 어느 날 걔들이 헤일리의 성질을 긁는 말이나 행동을 한다면 따돌림을 당하게 될 것이다. 리아, 샤오이, 개비가 그랬던 것처럼.

나 역시 언젠가 그렇게 될지도 모른다. 밀크&허니가 누군지 모르겠지만, 나를 학교에서 가장 재수 없는 여자애로 전락시킬 수 있을까?

헤일리

우리가 잘했던 걸까? 경기 끝나고 훨씬 더 많은 사람이 선수들보다 우리를 축하해 주러 왔던 것 같다. 하지만 놀랍지 않았다. 우린 정말 잘했으니까.

집에 돌아오자마자 나는 전날 밤에 써 놓은 글을 〈트루먼의 진실〉에 올렸다. 왜 내가 그 글을 써야 했는지 나도 잘 모르겠다. 어쨌든 내가 치어리더 팀을 만들자고 처음 생각을 했던 사람이니까. 나는 응원용 방울을 구하고 무엇을 입을지 결정하고 응원을 이끈 사람이다. 아마 릴리나 브리아나도 자기들이 뭔가 해냈다고 생각할지 모르겠지만 그건 절대 아니지!

사이트에 접속해 있는 동안 여기저기 둘러보았다. 몇몇 못된 선생님에 관한 이야기가 있기에 읽어 보았다. 그러고 나서 새로 올라온 투표 제목을 확인했다. 거기엔 이렇게 씌어 있었다.

"우리 학교 최고의 왕재수는 누구일까요?"

그 밑에는 정말로 돼지 같은 여자애의 사진이 있었다.

사람이 어떻게 저 지경이 될 수 있지? 난 그렇진 않았다. 매일 아침 몸무게를 재고 만약 1킬로그램이 늘면 다이어트를 했다. 빵도 치즈도 안 먹었다. 물론 파스타도 안 먹었다. 대부분의 사람들이 그러지 않나? 뭐, 외모에 신경 쓰는 사람이라면 당연히지 않나?

나처럼 매일 몸무게를 재지 않더라도 최소한 옷이 몸에 꼭 끼는 걸 알아챌 수 있지 않나? 또는 옷 가게 안에서 거울 옆을 지나다가 뚱뚱한 모습을 확인할 수 있지 않나? 그렇다면 가만있어서는 안 될 일이다.

나는 이 여자애가 사람 많은 곳에 나갈 수 있기나 했을지 궁금했다. 볼과 턱에 지방 덩어리 같은 걸 달고 있고, 구슬처럼 작은 눈에는 웃음기가 없었다. 뚱뚱하고 못생긴 데다 웃는 법을 몰라서 그런 게 아닐 테지. 머리에는 기름이 좔좔 흘렀다. 미안하지만 기름진 머리는 어떤 변명도 안 통한다.

나는 투표 결과를 보려고 화면을 내렸다. 이 애가 누군지 아는 사람이 있을까?

세상에…… 숨이 막히는 줄 알았다. 사람들이 이 뚱땡이를 나라고 생각하고 있었다. 그것도 43명이나…….

브리아나

헤일리에게 전화가 왔다. 나한테 전화하기 직전에 릴리에게 전화를 했던 것 같았다. 요즘 헤일리의 가장 친한 친구는 나보다 릴리인 것처럼 느껴졌다.

"농담이겠지. 누구도 그게 정말 너라고 생각하지 않아."

"43명이나 그렇게 생각한다니까."

헤일리가 흐느끼면서 말했다.

무슨 얘긴지 알 수가 없었다. 나는 그 누구보다 헤일리를 잘 알고 있기에, 그 사진처럼 보인 적은 결코 없었다고 자신 있게 말할 수 있다. 헤일리는 우리 학교에서 가장 예쁜 아이이다. 몸매도 완벽하다. 완벽한 머릿결, 완벽한 피부. 모델이 될 수 있을 정도였다. 감히 누가 사진 속의 여자애가 헤일리라고 말할 수 있는 걸까?

"27명이 릴리라고 생각하고 있는데? 릴리랑 비슷해 보여. 그렇지 않아? 그리고 19명은 셰비 아드먼이라고 생각하고 있는걸. 하지만 내 생각에 셰비는 아닌……."

"그게 정말로 누군지는 중요하지 않아. 중요한 건 43명이나 그 뚱땡이가 나라고 생각한다는 거라고!"

"이렇게 하면 재밌을 것 같아서 장난친 거겠지. 다른 애들도 그랬을 거야."

"하나도 재밌지 않아! 우리 학교에서 43명이 내가 뚱보라고 생각한다고! 게다가 내가 왕재수라고 생각하고 있고!"

"진정해. 넌 뚱보가 아냐. 그리고 분명히 넌 왕재수도 아니야. 모든 사람이 그 뚱보가 네가 아니란 걸 알고 있단 말이야. 너무 엉터리 같네…… 웃긴다, 정말."

헤일리는 아무 말도 하지 않았다. 헤일리는 내 말을 믿는 걸까? 내 말이 도움이 되었을까? 나는 정말, 정말로 도움을 주고 싶었다.

"그만 끊어야겠어."

"기다려 봐! 왜 그래? 뭘 어쩌려고?"

"릴리한테 전화할 거야."

릴리

내 사진을 그 사이트에 올린 사람은 제이비 바우어가 확실하다. 제이비가 아니면 아무르일 거다. 아마도 중학교 들어와서 내가 자기들과 절교하기로 마음먹은 것에 아직 분이 안 풀렸는지도 모르겠다. 어떤 사람들은 평생 원한을 품기도 하니까!

나는 전교생에게 〈트루먼의 진실〉은 제이비와 아무르가 만든 사이트라고 폭로해 버릴 수도 있었다. 그러면 걔들이 뭐라고 말한들 학교 애들이 읽어 보기나 할까? 하지만 애들은 내가 그 사실을 어떻게 알아냈는지 궁금할 텐데? 나는 걔들과 친구였다고 설명하기 싫었다. 주변에서 뭐라고 생각할까? 후버 초등학교에 다닌 애라면 누구나 그 사진이 나라는 걸 알고 있을 텐데. 이제 어떻게 해야 하지?

그때 휴대폰이 울렸다. 헤일리였다.

"〈트루먼의 진실〉 사이트에 웬 돼지 사진이 있는 거, 너도 알고 있었니?"

헤일리가 고함을 치며 말했다. 말문이 막혀 아무 말도 할 수 없었다. 헤일리는 그 돼지가 나라는 걸 아는 건가?

"투표 같은 건데, 사진 속 주인공이 누구인지 알아맞히는 거야."

헤일리의 목소리는 매우 강경했다.

물론 헤일리는 그게 나라는 걸 알고 있겠지. 지금쯤이면 아마 전교생이 그게 나라는 걸 알고 있을 터였다. 내가 헤일리에게 무슨 말을 할 수 있겠나. 헤일리의 기분이 정말 상해 있었다는 걸 그 애의 목소리로 알 수 있었다.

"릴리, 43명이나 그 뚱보가 나라고 생각하고 있어!"

헤일리가 흐느끼며 말했다.

잠깐만, 뭐라고?

"장난치지 마."

하지만 헤일리가 장난을 치는 것 같진 않았다. 나는 〈트루먼의 진실〉에 들어갔다.

'침착하자, 침착해.'

이렇게 생각하며 마음을 추슬렀다. 마침내 사이트에 들어갔을 때 내 눈을 믿을 수가 없었다. 헤일리의 말이 맞았다. 43명이 사진 속의 여자애를 헤일리라고 생각하고 있었다. 나라고 생각하는 사람들은 고작 27명뿐이었다.

헤일리는 내가 뚱뚱한 적이 있어서 화가 난 게 아니었다. 사람들이 자기가 뚱뚱했었다고 생각하기 때문에 화가 난 것이다.

그 사진은 3년 전의 것이었다. 내가 저랬다는 걸 사람들이 잊는 게 가능할까? 만약 그렇다면 아직 이 난국을 헤쳐 나갈 시간은 있었다. 내가 해야 할 일은 이 사이트에서 사진을 끌어 내리는 것뿐이었다. 그 말은, 내가 제이비와 아무르를 찾아가 얘기를 해야 한다는 뜻이었다.

나는 그 둘 중 누구와도 최근 3년간 얘기한 적이 없었다. 하지만 나는 사진을 올린 사람이 그들이라는 걸 확신하고 있었다.

'이제 어떻게 하지?'

헤일리와 전화를 끊자마자 나는 제이비에게 메일을 보냈다.

뭐라고? 43명이나 사진 속 여자애가 학교에서 가장 잘나가는 인싸라고 생각한다고? 다들 바보들인가? 정말 그런가?

내가 사실을 바로잡아야겠다.

토요일에 아무르에게 문자 메시지를 보냈다.

"방금 릴리한테서 메일을 한 통 받았어. 너도 받았니?"

"아니, 뭐라고 왔는데?"

나는 아무르에게 전화를 걸어 메시지를 읽어 주었다.

"이렇게 씌어 있어. '나는 너와 아무르가 〈트루먼의 진실〉 운영자라는 걸 알고 있어. 하지만 다른 사람은 아무도 모르지. 나는 너희 사이트에 내 사진을 올린 것 역시 너희라는 것도 알고 있어. 그 사진을 내려 주길 바라. 누구라도 그게 나라는 걸 알기 전에 사진을 내려 준다면, 나는 너희가 그 사이트의 운영자라는 사실을 아무에게도 얘기하지 않을게.' 믿어지니? '너희'라니, 마치 우리와 아무 사이도 아닌 것처럼 말하네."

"이제 우린 릴리와 아무 사이도 아니잖아."

"그래도 그렇지…… 걔가 그렇게 말하면 안 되지."

순간 더 이상 우리는 릴리와 친구가 아님을 깨달았다. 가끔은 우리가 친구였다는 걸 믿기 어려운 때도 있었다.

"다른 말은 없었어?"

"응. 그게 다야."

"답장 보낼 거니?"

"응, 하지만 뭐라고 보낼지 아직도 생각 중이야."

그러고 나서 지금까지 생각한 걸 아무르에게 얘기했다.

"첫째, 네가 그게 우리라는 걸 안다 해도 우린 상관하지 않는다. 둘째, 무슨 근거로 네 사진을 올린 게 우리라고 확신하는 거냐? 후버 초등학교를 다닌 애들이라면 졸업 앨범에서 누구든 그 사진을 올릴 수 있다. 셋째, 우린 사진을 내리지 않을 거다. 어디서 감히 우리한테 그따위 말을 할 수 있는 거냐? 네가 우리보다 나을 것도 없다. 사실 넌 말이지……."

"이런…… 네가 뭐라고 하든 소용없을 것 같은데."

갑자기 아무르가 내 말을 끊었다. 수화기에서 아무르가 키보드를 두드리는 소리가 흘러나왔다.

"너무 늦은 것 같아."

"너무 늦다니 무슨 소리야?"

"사이트에 들어가 봐."

나는 사이트를 다시 살펴봤다. 화면이 좀 느리게 떴다. 지금 사람이 많이 접속해서 그런가?

마침내 화면이 나타나자 '우리 학교 최고의 왕재수는 누구일까요?'란 제목의 링크를 눌렀다. 메인 페이지가 느리게 떴는데, 이번에는 훨씬 더 느렸다.

"너도 화면이 늦게 뜨니?"

"그래. 좀 있으면 왜 그런지 알게 될 거야."

마침내 릴리의 사진이 나타났다. 하지만 좀 달라 보였다. 누군가 사진을 편집한 것이다! 눈은 더 크게, 머리에는 뿔을, 코 밑에는 콧수염을, 턱에는 턱수염을 그려 넣었다. 릴리의 다문 입 아래로는 두 개의 큰 이빨이 삐져나와 있었다. 이빨을 가리키는 작은 화살표에는 '여기를 클릭하라'고 적힌 상자가 그려져 있었다. 그걸 따라 했더니 릴리의 입에서 작은 말풍선이 튀어나왔다. 거기엔 이렇게 쓰여 있었다.

"꿀꿀! 나는 릴리 클라크야."

트레버

〈트루먼의 진실〉 운영자한테서 내 만화가 좋다는 답장이 왔다. 그래서 내 만화 첫 회를 올리기로 결심했다.

첫 회에서는 많은 일이 일어난다. 네로는 수학만 잘하는 얼간이에서 슈퍼 영웅이 되고, 그 힘을 나쁜 일이 아닌 좋은 일에 써야 한다고 충고를 듣는다.

만약 사람들이 형편없다고 생각한다면 더 이상 만화를 올리지 않을 작정이었기에 〈트루먼의 진실〉은 일을 시작하기에 훌륭한 공간인 것 같았다. 하지만 사람들이 좋아한다면 더 올릴 수도 있었다.

그렇게 해서 나는 그 주말에 〈트루먼의 진실〉에 만화를 올렸다. 그 사이트를 너무 자주 방문하지 않으려 했지만, 반응이 궁금해서 견디기 힘들었다. 애들이 내 만화를 어떻게 생각하는지 알고 싶었다.

나는 청소년 만화 작가 경연 대회에 출품할지 진지하게 생각하고 있었다. 마감 시한 내에 작품을 끝낼 수 있다면 말이다. 또

〈트루먼의 진실〉 회원들이 내 만화를 좋아한다면 말이다. 아무도 좋아하는 사람이 없다면…… 글쎄, 일부러 애쓸 필요는 없을 테니까.

지금까지는 이렇다 저렇다 말하는 사람이 없었다. 하지만 릴리 클라크의 옛날 사진에는 확실히 많은 댓글이 올라와 있었다. 주말에 사이트에 접속할 때마다 릴리가 얼마나 뚱뚱했는지, 뾸과 콧수염이 얼마나 자랐는지, 그게 릴리라는 걸 알게 된 애들이 얼마나 충격을 받았는지 등등. 최소한 두어 개의 새로운 댓글이 달려 있었다.

나는 그런 모습일 때의 릴리를 알고 있었다. 우리는 친구로 지내진 않았지만, 같은 초등학교를 다녔다. 5학년 때 저스틴이라는 녀석이 미술 시간에 내 그림을 보고 놀렸던 일이 기억난다. 릴리는 그에게 그만두라고 말했지만, 저스틴은 멈추지 않았다. 결국 릴리는 검은색 물감을 저스틴의 무릎에 쏟아 버렸다.

릴리는 지금 완전히 다른 사람이 되어 있다. 인싸 그룹의 애들에게 좋은 인상을 주기 위해 항상 애쓰고 있다.

최악의 사건은 지난해에 있었다. 그때 릴리가 내가 너무 못생겨서 우리 엄마가 아마도 나를 낳은 걸 후회하며 쓰러져 돌아가실지도 모른다고 말한 적이 있었다. 그러고 나서 이틀 뒤에 엄마가 정말로 쓰러져 돌아가시지 않았다면, 그 일은 그다지 큰 문제가 아니었을 것이다. 난 그게 우연의 일치였다는 걸 알고 있다. 릴리가 뭘 어떻게 해서 그렇게 된 것은 아니었다. 엄마는 머릿속에 혈액이 엉키면서 돌아가셨다. 말 그대로 그것 때문이었다.

릴리는 지난해 내내 나를 피해 다녔다. 요즘 릴리는 복도에서 나랑 마주칠 때면 친구들에게 "앗, 저기 트레버다. 으, 역겨운 놈. 우리 저쪽으로 가자." 이렇게 말하곤 뒤돌아서 다른 길로 간다.

내가 하고 싶은 말은, 릴리나 리스처럼 인기 있는 애들은 자기가 가진 능력을 좋은 일에 쓸 수 있다는 점이다. 네로처럼 말이다. 모든 애들이 그들의 말에 귀를 기울인다. 그렇기 때문에 그들은 그저 더 이상 아이들을 괴롭히지 않겠다고 말해 주면 되는 것이다. 하지만 그들은 그러지 않는다. 오히려 나쁜 일에 힘을 쓰고 있다.

릴리

내 사진이 공개되고 친구들이 나를 피하는 걸 보고 어떤 느낌이 왔다. 우선 헤일리의 엄마한테 전화가 왔다. 헤일리가 과학 숙제 때문에 아침 일찍 학교에 가야 하니까 월요일에 나 혼자 학교에 갈 수 있겠느냐고 물으셨다. 정말 숙제가 있어서 그럴 수도 있지만, 왜 진작에 헤일리가 그런 말을 하지 않았을까?

하지만 헤일리와 나는 수업을 같이 듣기 때문에 그 애에게 특별한 과제가 없다는 걸 난 알고 있다. 우린 헤일리의 엄마 차로 학교에 가곤 했다. 그러나 오늘은 헤일리의 엄마 차를 타는 대신 엄마 차로 학교에 갔다.

학교에 도착했을 때 학교 앞 바위에는 아무도 없었다. 헤일리가 그곳에 없을 거란 건 알았지만 브리아나, 캐시, 카일리, 모건은 있을 줄 알았다. 우리 모임은 항상 그 바위에서 만나 종이 울릴 때 함께 학교로 들어가곤 했다. 하지만 그날 아침에는 나 혼자 학교에 들어가야 했다.

사물함까지 가는 동안 애들이 모두 날 쳐다보고 있다는 기분이 들었다. 어떤 애들은 내가 지나갈 때 손으로 입을 막고 귓속말을 했다.

"있잖아, 〈트루먼의 진실〉이 제이비 바우어와 아무르 네이서가 만든 사이트래."

내가 그렇게 말하자 애들은 귓속말을 멈추고 그저 멀뚱멀뚱 나를 쳐다보았다.

"파랑 머리 여자애하고 촌뜨기 남자 친구 몰라?"

내 말에 여전히 아무 반응이 없었다. 제이비와 아무르가 얼마나 인기가 없는지 증명되는 순간이었다. 걔들이 누군지 아무도 모른다니!

"인터넷에서 너희가 본 걸 모두 믿지 않는 게 좋을 거야."

난 이렇게 말하고는 그들 곁을 떴다.

사물함에 도착해서 오전 수업에 필요한 물건들을 챙기고 나서 나는 '우리의 화장실'로 달려갔다. 올해 초부터 헤일리가 우리만의 공간이라고 선언했던 곳 말이다.

역시 아무도 없었다. 그런데 가운데 칸의 문은 닫혀 있었지만, 분명히 누군가 그 안에 있는 것 같았다.

한 명뿐인가? 다른 애들은?

보통 월요일에 이 화장실은 북적거린다. 집에서 화장을 못 하는 애들은 거울 앞에 몰려들어 서둘러 화장을 하고, 한쪽에선 서로의 옷차림에 대해 칭찬을 주고받고 머리를 매만지며 마지막 손질을 한다. 또 과제물을 교환하기도 하고, 누가 누구랑 데이트를 했다는 둥 수다를 나누기도 한다.

"안녕!"

화장실에 있는 누군가에게 말을 건넸지만 대답이 없었다. 나는 거울 앞으로 가서 화장과 머리를 매만졌다. 그때 변기 물 내리는 소리가 났고, 누가 나오는지 거울로 지켜봤다. 숨이 막혔다. 그건 바로 누구와도 말을 하지 않는 괴상한 여자애였다!

헤일리

학교 애들이 무슨 말을 하든, 우리는 릴리가 뚱보였다고 해서 그 애를 따돌리진 않았다. 우리는 그 정도로 야비한 애들이 아니다. 릴리가 그렇게 무지막지한 몸무게를 줄이고 지금 인기 있는 학생이 되었다는 게 실로 놀라울 뿐이다.

학교 애들이 사진 속 인물이 나라고 생각했다는 사실 때문에 내가 충격을 좀 받았다는 건 인정한다. 어쨌든 애들이 릴리에 대해 나쁜 말을 시작했을 때 우리가 그 애를 제대로 보호해 주지는 못했던 것 같다. 그리고 학교에서 애들이 릴리에게 어떤 반응을 보일지 지켜보면서 얼마간 그 애를 멀리했던 것 같다.

하지만 우리는 릴리를 따돌리지는 않았다. 최소한 곧바로 그랬던 건 아니다.

트레버

이런 상황에서 무슨 말을 할 수 있을까? 학교에서 모욕을 당했다.

사회 시간이었다. 선생님이 늦는 바람에 애들이 빈둥거리고 있었고, 나는 그때 만화를 그리고 있었다. 만화 작가 경연 대회에 출품하려고 준비한 24쪽짜리 만화였다. 이미 연필로 작품 전체 스케치를 완성해 놓았기에 채색 작업을 하고 있었다. 나는 다른 애들이 뭘 하는지 신경을 끄고 있었다.

갑자기 브리아나가 다가오더니 만화책을 잡아채 갔다.

"얘들아, 이것 좀 봐!"

브리아나는 내 손이 미치지 않는 거리에서 책을 잡고 날 놀려댔다.

"트레버가 만화를 그리고 있어!"

브리아나는 책장을 넘기며 큰 소리로 웃었다.

"〈트루먼의 진실〉에 만화를 올린 사람이 트레버인가 봐! 그거 있잖아, 슈퍼 영웅 만화? 그게 지금 내 손에 있다고!"

얼굴이 후끈 달아올랐다.

"돌려줘!"

책을 빼앗으려고 시도했지만, 리스가 큰 소리로 말했다.

"나한테 줘 봐!"

브리아나가 리스에게 책을 건넸다. 그리고는 다른 애들한테로 계속 돌려졌다.

"이런!"

테일러 브라이슨이 손에 들고 있던 표지를 찢으면서 말했다.

안 돼! 아직 복사본도 없는데……. 나는 옆 책상 의자로 펄쩍 뛰어 책을 향해 돌진했다. 하지만 소용없었다. 애들은 웃으며 책을 이리저리 돌려보고 있었다.

나는 그중에서 간신히 일곱 쪽을 손에 넣을 수 있었지만, 그 바람에 바닥에 고꾸라졌다. 몇몇 쪽의 상단 모서리는 구겨졌고 커다랗게 먼지투성이 발자국도 찍혀 있었다.

"이봐, 트레버! 이게 너라고 상상하는 거야?"

리스가 책을 손에 들고 비웃으며 말했다.

"네가 슈퍼 영웅이라도 된다고 생각하는 거냐?"

"돌려주기나 해!"

안타깝게도 내 목소리는 갈라지고 있었다.

이 소동은 사회 선생님이 오셔서 수업이 시작될 때까지 계속되었다.

"무슨 일이지?"

선생님 말씀에 모든 학생이 각자 의자로 슬며시 기어들어 앉았다. 그사이 내 만화책은 펼쳐진 채로 바닥에 나뒹굴고 있었다. 사라 머피가 자리에서 일어나 찢기고 구겨진 종이들을 줍는 걸 도왔다. 많은 애들이 나보다 사라가 더 괴상하다고 생각했만, 그건 단순히 그 애가 습진이 있고 사람들과 말을 하지 않는다는 이유에서였다. 하지만 사라는 유일하게 나를 도와주었다.

"고마워."

사라에게서 종이 꾸러미를 넘겨받으면서 내가 우물쭈물 말했다. 주운 것들은 순서가 뒤죽박죽인 데다 표지와 세 번째 쪽의 절반이 사라진 상태였다.

시끌벅적한 구내식당을 이리저리 서성거리고 있었다. 그릇이

달그락거리는 소리와 아이들이 떠들며 웃는 소리. 나는 창가 옆늘 우리가 앉던 자리에 친구들이 모여 있는 걸 보았다. 헤일리, 브리아나, 캐시, 카일리, 모건. 헤일리와 브리아나 사이에 빈자리가 하나 있었다. 아무렇지도 않게 걸어가서 여느 때처럼 그곳에 앉을 수도 있었지만, 내가 나타나면 모두 자리에서 일어나 떠나지 않을까 하는 걱정이 들었다.

설마 애들이 그러진 않을 거라며 속으로 말했다.

'재들은 네 친구잖아. 걱정하지 말고 그리로 가. 너도 저 모임의 멤버잖아.'

나는 리스와 그의 친구들이 있는 쪽으로 갈 수도 있었다. 그러나 내가 혼자서 그 자리에 가면 남자애들이 이상하게 생각할 것이다. 게다가 그들도 이미 내 사진을 보았을 테니까 말이다. 어쩌면 그들은 여자애들보다 문제를 더 크게 만들지도 모른다. 남자애들처럼 생각 없는 족속은 아마 세상에 없을 거다.

결국 여자애들과 함께 먹는 게 낫다고 결정했다.

"안녕!"

억지로 웃음을 띠면서 말했다. 그러고는 책과 도시락 가방을 탁자 위에 올려놓았다. 캐시와 카일리가 나를 쳐다봤지만, 걔들은 아무 말도 하지 않았다. 모건은 자신의 샌드위치를 내려다보며 고개를 숙인 채로 있었다. 내게 말을 던진 유일한 사람은 헤일리였다.

"안녕, 릴리."

헤일리는 웃으면서 되받았고, 나에게 의자를 끌어당겨 자리에 앉으라고 손으로 가볍게 두드렸다.

“네가 어디에 있는지 궁금하던 참이야.”

“그랬니?”

다른 애들은 나를 쳐다보지도 않는데, 헤일리는 왜 이렇게 친한 척을 하는 걸까?

“오늘 아침 바위 앞에서 널 기다리지 못했어. 미안.”

브리아나가 요구르트를 휘저으며 말했다.

“난 도서관에 책을 반납하러 가는 바람에…….”

캐시가 말했다.

“나도 그랬는데.”

카일리가 눈치를 보다가 끼어들었다.

“괜찮아.”

나는 그저 평소와 똑같이 행동하려고 노력했다. 그 애들이 바위 앞에서 기다리지 않았단 사실조차 몰랐다는 듯이 말이다. 그리고 도시락 가방의 지퍼를 열고 샌드위치를 꺼냈다.

“하지만 우린 화장실에서 널 기다리고 있었어.”

헤일리가 말했다.

“뭐라고? 아니, 그럴 리 없어. 나도 화장실에 갔었거든. 종이 울릴 때까지 거기 있었는걸. 아무도 들어오지 않던데?”

모두 어리둥절한 표정이었다.

“아니야, 우린 거기 있었어.” 캐시가 강하게 말했다.

"우리도 종이 울릴 때까지 거기 있었어." 카일리도 말했다.

정말 무슨 말을 해야 할지 몰랐다. 다들 왜 거짓말을 하는 건지…….

"오, 이런!" 브리아나가 손으로 머리를 탁 치면서 말했다.

"문자 못 받았니?"

"문자라니?"

"난 정말 그렇게 멀리 있는 화장실을 쓰고 싶지 않았어. 대신에 앞쪽 계단 옆의 화장실을 쓰기로 마음먹었어. 그래서 어젯밤에 너희 모두에게 문자 보냈는걸."

헤일리가 어깨를 움츠리며 말했다.

"그 징그러운 사라 계집애가 거기에서 뭔가 끈적끈적한 걸 팔에 바르고 있더라고."

캐시가 코끝을 찡그리며 말했다.

"그래, 우리가 모두 화장실에 들어간 다음에 헤일리가 '이제 여기는 우리가 쓸 거야. 지금부터 너희는 2층 복도 끝에 있는 화장실을 쓰도록 해.' 요렇게 말했거든."

모건이 헤일리의 목소리를 똑같이 흉내 내면서 말했다.

"그런데도 그 애가 헤일리의 말을 무시하더니 계속 팔에 그걸 바르더라니까. 그래서 우린 모두 걔한테 다가갔지. 결국 우리 다섯 명하고 그 애 혼자……."

브리아나가 말했다.

"맞아, 그러고 나선 그 애가 갑자기 몸을 돌려 우리한테 그걸 묻히기라도 할 것처럼 팔을 뻗더라니까! 그 애 손에 온통 이상한 게 묻어 있어서 할 수 없이 우린 뒤로 물러났지."

기겁했다는 듯이 헤일리가 말했다.

"그다음에 걔가 어쨌는지 아니? 깔깔거리며 웃기 시작하는 거야!" 브리아나가 다시 말했다.

"살다 살다 처음 듣는 괴상한 웃음소리였어." 카일리가 말했다.

모두들 고개를 끄덕이며 웃었다.

"암튼 난 어떤 연락도 받지 못했어."

"정말?" 내 말에 헤일리가 어깨를 움츠렸다.

"왜 못 받았는지 모르겠네?"

아무르

난 사람들이 종교가 뭐냐고 물어보는 게 진짜 싫다. 그들은 대부분 내가 이슬람교도라는 걸 알고 있다. 그런데도 굳이 내 입으로 다시 들으려고 한다. 도대체 무슨 악취미인지 모르겠다. 그리고 나한테 듣고 나서는 충격이라도 받은 양 행동한다. 마치 미국에는 이슬람교도가 한 명도 살지 않는 것처럼 말이다.

나는 미국에서 태어났다. 부모님은 요르단 출신이고 우리는 이슬람교를 믿지만, 학교에서는 다른 애들과 마찬가지로 미국인이다. 다만 나는 크리스마스를 기념하지 않을 뿐이다. 하루에 다섯 번씩 기도를 하고, 라마단 기간에는 단식을 하며 돼지고기나 술을 먹지 않는다.

나는 댄스파티에도 가지 않는데, 가끔 이런 일로 괴롭힘을 당하기도 한다. 중학교 1학년 때 일이다. 릴리가 나랑 사귀고 싶다면서 댄스파티에 함께 가자고 했다. 내가 댄스파티에 가지 않는다는 걸 알면서도 왜 그런 제안을 했는지 알 수 없었다. 그 애가 정말로 나랑 파티에 가고 싶어 하는 것처럼 보였기 때문에 난 기분 나쁘지 않게 거절하는 방법을 궁리했다.

그때 나는 릴리의 의도를 알았다. 자기가 나랑 사귀고 싶어 하는 척하면 재미있을 것 같아서 그랬다는 거다. 이슬람교를 믿는 나를 순전히 웃음거리로 만들기 위해.

모든 게 장난이었다는 걸 실토하고 릴리는 이렇게 말했다.

"이제는 내가 너의 테러 명단에 올라가겠는걸."

나는 놀라서 입을 딱 벌린 채 릴리를 쳐다보았다.

"뭐라고?"

릴리가 나한테 그런 식으로 말했다는 걸 믿을 수가 없었다. 그래도 한때는 내 친구였는데.

그때 브리아나가 말했다.

"어른이 되면 넌 우리를 몽땅 날려 버릴 작정이지, 아무르?"

그러자 모두가 깔깔거리며 웃었다. 브리아나, 릴리, 헤일리.

애들은 항상 이슬람교도를 그런 식으로 말하곤 했다. 나는 주일 성경 학교를 다니면서 자신이 이슬람교도라는 걸 어느 친구에게도 알리고 싶어 하지 않는 애들을 안다. 내가 아는 한 여자애는 이슬람 사원을 갈 때는 히잡(이슬람 여성들이 머리와 상반신을 가리기 위해 쓰는 쓰개–옮긴이)을 쓰고 가지만 학교에서는 쓰지 않는다. 자기가 누구인지 알까 봐 걱정해서 그럴 것이다. 나는 내가 믿는 종교를 부끄러워하지 않는다. 내 친구들 중 누구라도 내가 이슬람교도인 게 문제가 된다면, 그들은 진정한 친구가 아니다.

어쩌면 릴리는 예전엔 중학교 1학년 때로 다시 돌아가고 싶지 않았겠지만, 아마도 지금쯤은 돌아가고 싶지 않을까? 나한테 테러리스트 얘기가 웃을 일이 아니듯, 릴리한테도 자기가 뚱뚱했었다는 얘기는 웃을 일이 아닌 것이다.

릴리

우리는 한 번도 그 사진 얘기를 꺼내지 않았다. 나는 모든 친구가 사진을 봤다는 걸 알고 있다. 그게 바로 나라는 걸 걔들이 알고 있다는 것도 안다. 하지만 우리는 내가 전에 그랬었다는 사실에 대해 얘기하지 않았다. 누군가 그 사진을 가지고 있다가 인터넷에 올린 것이라는 얘기도 절대 하지 않았다. 또 인터넷에서 몇몇 애들이 나에 대해 좋지 않은 얘기를 하고 있다는 말도 꺼내지 않았다.

익명의 누군가에게서 새로운 메시지를 받았다. 밀크&허니가 아닌, 다른 사람들에게서 온 것이었다. 그들은 이렇게 얘기하고 있었다.

"와, 너 정말 뚱뚱했구나!"

"조심해, 릴리. 살이 더 찌고 있는 것 같은데……."

"살이 더 찌면 친구들한테 따돌림받을걸."

하지만 친구들은 대부분 그렇게 생각하지 않는다. 내 말은, 헤일리의 엄마가 날 학교에 데려다주지 않은 건 그날 하루뿐이었다는 얘기다.

그날 이후 우리는 매일 함께 학교에 갔다. 헤일리, 브리아나, 나 이렇게 셋은 학교가 끝나면 새로운 응원 방법을 조사하러 종합정보실에 가거나 응원 연습을 위해 체육관에 가곤 했다. 그리고 리스는 여전히 매일 밤 나에게 문자를 보냈다. 아무튼 겉으로 모든 게 여느 때와 다름없어 보였다.

하지만 그럼에도 왠지 거리감이 느껴졌다. 겉으로 보이는 것과 달리 실제로는 그렇지 않다고나 할까. 혹시 익명의 메일 중 내 친구들이 보낸 게 있지 않을까 하는 의구심을 떨칠 수가 없었다.

어쩌면 내가 다시 편집광 증세를 보이는 것일지도 모르지만.

그 사진을 널리 공개한 것은 내 계획 중에서 첫 번째 단계에 불과했다. 나는 릴리가 예전엔 지금처럼 잘나가지 않았다는 사실을 모두에게 알리고 싶었다. 그 애가 항상 그렇게 특별한 건 아니다.

사건이 시들해지기 시작할 무렵, 나는 '릴리 망치기 작전'의 두 번째 단계를 실행에 옮겼다.

제이비

〈트루먼의 진실〉의 회원이 점점 늘면서 나는 그 수가 유지되도록 이것저것 많은 일을 했다. 올린 지 일주일이 지난 것들과 내가 올린 새 수학 과정에 대한 글처럼 새로운 댓글이 올라오지 않는 것들은 한곳에 모아 놓았다.

새 수학 과정은 트루먼 중학교 학생에게 매우 큰 영향을 미치는 사안이다. 그런데도 그것에 대해 얘기하는 사람이 한 명도 없다니, 정말 어이가 없었다.

하지만 쉬는 시간이 부족하다고 지적한 아무르의 글에는 많은 사람이 댓글을 달았다. 그리고 103명이나 되는 애들이 릴리의 사진에 관심을 보였다. 정말 중요한 문제에는 어느 누구도 관심이 없다는 얘기였다.

'참 나, 중딩들한테 뭘 더 기대할 수 있을까?'

나는 애들이 좀 더 관심을 가질 만한 화젯거리를 새로 올렸다. 최근 인기를 끌고 있는 퀴즈 쇼, 〈오즈의 마법사〉 주연을 뽑기 위한 연극 동호회의 오디션 이야기, 그리고 학교 신문에도 실리는 종합정보실의 신간 도서 목록을 올렸다. 그러던 중 또다시 충격적인 글이 올라왔다.

비밀! 비밀! 비밀의 주인공을 찾아라!

여러분은 릴리 클라크의 사진을 보고 어떤 생각을 하셨나요? 릴리는 정말 살찐 돼지였어요, 안 그런가요? 그건 그렇고, 알아맞혀 볼래요? 릴리는 그것보다 훨씬 큰 비밀을 가지고 있답니다. 그게 무엇인지 알고 싶으면 내일 다시 여기로 로그인하세요.

–밀크&허니

트레버

밀크&허니라고? 그가 누구지? 학교에서 모든 애들이 그에 대해 수군거리는 것 같았다. 누구는 제이비와 릴리가 예전엔 친구였지만 지금은 아니니까 제이비일 거라고 추측했다. 제이비는 〈트루먼의 진실〉 운영자 중 한 명이니까. 하지만 또 어떤 애는 인싸 패거리 중 하나일 거라고 생각했다. 릴리를 괴롭혀 쫓아내기를 원하는 그 누구.

아무도 내게 그 일에 대해 물어보는 애가 없었다. 그건 아무래도 좋다. 만약 내가 누군가의 이름을 댔더라면, 그게 누구든 상관없이, 나는 아마도 화장실 변기에 머리를 처박혀야 했을 것이다. 만약 이름을 대지 않는다면, 그래도 나는 변기에 처박혀야 했을 테고. 나 같은 놈은 항상 지고 산다.

릴리

지난 2년 동안 내가 그토록 열심히 노력했던 모든 걸 제이비와 아무르가 망치도록 놔둘 순 없었다. 내가 보낸 문자를 무시하기에 이번엔 전화를 걸었다. 아직도 그 애의 번호를 가지고 있다는 사실에 정말 짜증 났다.

"난 네가 그만했으면 해."

제이비가 전화를 받자마자 다짜고짜 쏘아붙였다. 걔하고 잡담할 이유가 없었다.

"그런데 누구야?"

제이비가 물었다. 내 목소리를 모르다니 기가 막혔다. 이럴 줄 알았으면 발신자 번호라도 숨길걸.

"나야, 릴리!"

"응, 그렇구나."

제이비가 차분하게 대답했다. 정말로 내가 누군지 모르고 있었다.

"무슨 일인데?"

"방금 전에 내가 말했잖아! 네가 그만두길 바란다고. 나한테 메일 보내는 것도, 말도 안 되는 사이트에 내 얘기를 올리는 것도, 모두 그만두란 말이야!"

"네가 무슨 얘길 하는지 모르겠는데?"

나는 한숨을 쉬었다.

"밀크&허니 몰라?"

"그게 뭔데?"

"네가 밀크&허니란 거 알아. 사실은 너랑 아무르가 같이 한 짓이겠지만."

제이비는 짧게 웃음을 터뜨렸다.

"헛다리 짚지 마!"

"맞잖아."

"아니라니까! 난 심지어 너에 관한 어떤 '비밀'도 아는 게 없어. 네가 미처 모를까 봐 하는 얘긴데, 너와 난 요새 어울린 적도 없다고!"

"우리가 예전에 어울리던 때에 뭔가를 알았을 수도 있지."

"무슨 소리를 하는 거야? 물론 난 알고 있어. 네가 예전에…… 아무튼, 지금보다는 몸무게가 더 나갔다는 걸 말이야. 네가 그다지 인기가 없었다는 것도. 하지만 지금은 모든 애들이 다 아는 사실이잖아."

"그게 다 너 때문이야! 네가 만든 사이트 말이야. 그러니까 그 따위 걸 여기저기 퍼뜨린 애는 너밖에 없다고. 아니면 아무르."

"우리가 만든 사이트라는 건 어떻게 알았어?"

"모든 애들이 알고 있어."

"정말이야?"

제이비는 정말 신난다는 듯이 물었다.

"그렇게 좋아할 거 없어! 나는 너희가 내 인생을 망치도록 두지 않을 테니까."

"네 인생을 망친다고?"

제이비가 짧게 웃음을 터뜨렸다.

"너한테 해 줄 말이 있어, 릴리. 나는 일부러 네 인생을 망칠 만큼 너한테 관심이 없어!"

제이비가 그렇게 말하는 걸 들으니 풀이 죽었다. 그 애 말이 사실이라면 어쩌지? 제이비가 밀크&허니가 아니라면 도대체 누구일까? 나에 대해 알고 있는 그런 사람.

제이비

많은 애들이 아무르와 내가 〈트루먼의 진실〉 운영자라는 사실을 알아 버렸다. 하지만 애들은 별로 상관 안 했다. 아무튼 애들이 사이트의 글을 읽긴 한다. 복도에서 마주친 두어 명은 이렇게 말하기도 했다.

"사이트 죽이던데, 제이비!"

내가 머리카락을 푸르뎅뎅하게 염색했을 때도 이렇게 관심을 받지는 못했다. 우리가 학생 전체를 대변하는 신문이 필요하다는 아이들의 요구를 잘 반영하고 있었다는 뜻이었다. 비록 몇몇 녀석들이 원래 우리 의도와는 다른 목적으로 사이트를 이용하고 있긴 하지만.

릴리

어쩌면 제이비와 아무르는 내가 자기들과 절교하고 인싸들이랑 어울렸다는 이유로 나를 골탕 먹이고 싶었던 것일지도 모른다. 뭐, 그럴 수도 있지만 내가 그렇게 냉담하게 대한 건 아니다. 우리는 서로 다른 환경에서 자랐다. 그뿐이다. 순전히 우연히 그렇게 된 것뿐이었다. 우리 부모님도 '서로 다른 환경'에서 만났다. 엄마 말씀대로라면 그게 이혼하게 된 이유였다. 종종 친구들도 서로 다른 환경에서 자라지 않는가. 중학교에 가면 더욱 그렇다.

제이비와 아무르, 이 둘은 나와 공통의 관심사가 많지 않았을 뿐이다. 중학교에 들어간 지 얼마 되지 않았을 때의 일이다. 셋이 학교에서 집으로 가고 있는데, 그들이 노래를 부르기 시작하는 게 아닌가! 공공장소에서 말이다. 게다가 제대로 노래를 부르는 것도 아니었다. 그냥 아무렇게나 불러대는 이상한 노래였다. 중요한 건, 사람들이 우리를 쳐다보니까 그만하라고 말했는데도 멈추지 않았다. 오히려 어깨를 맞대고 더 크게 부르기 시작했다. 심지어 깡충깡충 뛰기까지 했다. 정말 철딱서니 없는 짓이었다. 내가 당황한 건 말할 필요도 없었다.

내가 "얘들아, 사람들이 우릴 쳐다보고 있잖아!"라며 언짢아해도 걔들은 항상 이랬다.

"뭐가 어때서?"

그 애들은 사람들이 어떻게 생각하든 전혀 상관하지 않았다. 여전히 초딩 같았다. 그저 여기저기 뛰어다니고, 우스꽝스러운 노래나 부르며, 나무에 올라 빈둥거리고 놀기만을 좋아했다. 모두 지난 얘기다.

아무튼 나는 중학교에 들어가기 직전에 죽을 둥 살 둥 살을 뺐고, 학교에서 인기 있는 여자애들이 나보고 자기네 모임에 들어오라고 했다. 단지 모임에 끼려고 제이비, 아무르와 절교한 건 아니었다. 일단 중학교에 올라가 보니, 걔들보다 나와 더 잘 맞는 친구들을 만나게 된 것뿐이다. 걔들이 그 일로 날 그토록 끔찍한 괴물로 만든 것일까?

헤일리

학교에서 나만큼 잘난 애는 없다. 내가 어떤 말을 하든 전교생이 철석같이 믿는다. 내 말을 이해할 수 있을지 모르겠지만, 때로 나는 새로운 것에 도전하는 듯한 기분이 든다. 예를 들어 내가 애들한테 말했던 싸구려 티셔츠 사건이 그렇다.

"얘들아! 이거 동네 시장에서 산 거다!"

나의 이 한마디에, 바로 다음 날 여자애 5명이 그 싸구려 티셔츠를 입고 학교에 왔다. 난 가끔 궁금해진다.

'내가 얼마나 대단한 거지? 브리아나, 캐시, 카일리 같은 애들은 왜 아무 이유도 없이 그저 내 말만 듣고 뭐든 하려는 걸까?'

브리아나

만약 중학교 1학년 때로 다시 돌아갈 수만 있다면 나는 절대로 릴리와 어울리지 않을 것이다. 헤일리를 비롯해 다른 친구들이 릴리의 어떤 점을 좋아하는지 정말 모르겠다. 걔는 성격이 아주 좋은 편도 아니고, 아주 대단한 집에 살지도 않는다. 그런데 왜 헤일리는 릴리와 어울리기 시작했을까?

우리는 초등학교 마지막 방학 때 체육관에서 처음 만났다. 릴리는 그해 처음 들어온 신입 회원이었는데, 2단 평행봉에 굉장히 겁을 냈던 것으로 난 기억한다. 그렇게 무서워하면서 왜 회원 등록을 했는지 당최 이해할 수가 없었다. 더구나 평균대와 뜀틀에도 겁을 냈던 것 같다. 오로지 마루 운동만 좋아했다. 우리는 릴리를 잘 몰랐기 때문에 체육관에서 그 애에게 그다지 관심이 없었다. 트루먼 중학교에서 릴리를 다시 보고 "안녕, 우리 아는 사이지?"라고 말하긴 했지만 그뿐이었다. 그때만 해도 우리는 릴리와 어울리지 않았다. 내가 맹장 수술을 하기 전까지는 말이다.

나는 그사이 병원에 있었기 때문에 무슨 일이 일어났는지 하나도 모른다. 그런데 헤일리가 어느 날 체육관에서 마주친 웬 이상한 여자애와 약간 다퉜다고 했다. 그러고 나선 학교에서 같이 점심을 먹었다고 했다. 나는 어떻게 그런 일이 가능한지 이해할 수 없었다. 게다가 내가 수술이 끝나고 퇴원하기도 전에 헤일리는 슬며시 그 애를 모임에 끌어들였다.

좀 어이가 없었지만 헤일리는 릴리가 원래 우리 멤버였던 것처럼 대했다. 오히려 우리보다 낫다는 듯이.

"릴리가 걸어갈 때 사람들이 고개를 돌려 그 애를 쳐다보는 걸 보라고." 헤일리가 말했다.

"분명 초등학교 때도 인기가 많았을 거야. 그러니까 우리가 그 애와 어울리면 우리도 인싸가 될 수 있다는 거지. 브리아나, 넌 그러고 싶지 않아?"

물론 나도 잘나가는 학생이 되고 싶었다. 하지만 헤일리가 생각하는 것처럼 릴리가 정말 인기가 있었는지는 모르겠다. 내 말은, 릴리가 인싸들처럼 옷을 잘 차려입지는 않았단 얘기다. 그때는 그랬다. 하지만 헤일리의 말처럼 애들은 복도에서 릴리를 넋을 놓고 쳐다봤다. 릴리가 걸어가면 누구나 고개를 돌려 바라보았다.

사람들이 평소엔 절대 하지 않을 행동을 온라인에서는 거리낌 없이 한다고 느낀 적 있지?

맞다, 사실이다. 예를 들어, 나라면 절대로 릴리한테 가서 "와, 너 정말 뚱뚱했더라." 하고 말하지 않는다. 하지만 온라인에서는 아무 거리낌 없이 그렇게 말할 수 있다.

인터넷은 참 별난 세상이다. 어느 누구도 내가 어떻게 말하고 행동하는지 모른다. 그러니까 얼마든지 원하는 대로 말하고 행동할 수 있다. 껄끄러운 상대가 있다고 한들 직접 만날 필요도 없다.

릴리

다음 날 아침, 엄마가 샤워하러 들어가자마자 나는 서둘러 〈트루먼의 진실〉에 들어갔다. 엄마는 내가 학교 가기 전에 꾸물거리는 걸 싫어하지만 나는 내 '비밀'이 올라왔는지 확인해야만 했다.

손가락이 너무 떨려서 〈트루먼의 진실〉을 입력하는 데도 애를 먹었다. 사이트가 화면에 나타났을 때, 화면 꼭대기에 커다란 글씨들이 보였다.

릴리 클라크는 레즈비언이다!

뭐라고? 제목 아래에는 좀 더 작은 글씨로 세 문장이 있었다.

믿지 못하겠다구요? 여기를 클릭하면 릴리의 블로그를 볼 수 있습니다. 릴리가 누구와 사귀는지 확인하세요.

숨이 막혔다. 난 블로그가 없는데! 게다가 모든 사람이 이미 내가 리스와 사귀는 걸 알고 있는데……. 뭘 보게 될지 두려워 확인하기가 겁이 났다. 그렇다고 안 볼 수도 없는 일이었다. 학교에 가기 전에 거기에 뭐가 있는지 확인해야 했다. 내가 가장 좋아하는 자주색으로 온통 꾸며진 화면에서 나를 발견했다. 여러 개의 사진과 영상이 있었다. 화면 오른쪽 상단에는 내 사진 한 장이 있었다. 끔찍한 6학년 때 모습이 아닌 지금의 사진이었다. '릴리의 레즈비언 일기'라는 단어들이 꼭대기에서 춤을 추며 지나가고 있었다.

안녕! 내 블로그에 온 걸 환영해. 내 이름은 릴리고, 트루먼 중학교에 다니고 있어. 이제는 비밀의 문을 열고 모두에게 내가 레즈비언이라고 말하기로 마음먹었어. 나는 그게 자랑스러워. 이제 이 블로그를 통해서 내 특별한 경험을 모두 쓰기로 했어.

화면을 뚫어지게 바라보았다. 나는 이런 글을 쓴 적이 없다. 이런 글은 한 줄도 쓴 적이 없다. 내가 레즈비언이라니!

게다가 내가 아는 레즈비언도 없다. 에밀리 테이트를 제외하고 말이다. 모든 애들이 걔는 레즈비언이라고 말했으니까.

나는 계속해서 읽었다.

여기 있는 건 내가 데이트하고 싶은 애들 '베스트 5'야.

5. 모건 케네디

4. 카일리 홀츠먼

3. 캐시 휠러

2. 브리아나 브링크먼

그리고 내가 데이트하고 싶은 베스트 1위는…….

1. 헤일리 우드

모두 우리 모임 애들이었다.

"릴리? 어디 있는 거니?"

엄마가 불렀다.

"저…… 저 여기 있어요."

나는 목소리가 아무렇지도 않게 들리길 바라면서 대답했다. 엄마가 밖으로 나오자 재빨리 화면을 끄고 아무렇지 않은 듯 행동했지만, 힘든 일이었다. 온몸이 떨리고 있었다. 심장이 너무 쿵쾅거려서 터질 것만 같았다.

"뭐 하고 있었니?"

"네…… 그냥…… 저…… 숙제하려고 뭘 좀 찾았어요."

엄마는 믿을 수 없다는 듯한 눈빛으로 나를 쳐다보았다. 나는 자리에서 일어섰다.

"학교 갈 준비 할게요."

참 나, 쪽팔려서 어떻게 애들 얼굴을 보나.

브리아나

학교에 가려고 머리를 말리는 동안 〈트루먼의 진실〉에 들어갔다. 릴리의 '비밀'이 올라와 있었다. '릴리 클라크는 레즈비언이다!' 그녀의 일기장으로 연결되는 링크는 모두 그녀의 '레즈비언 경험'에 관한 글이었다. 릴리가 좋아하는 여자애들의 명단도 있었다. 헤일리와 내가 명단 상위권에 있었다.

헤일리가 이 글을 보았다면 흥분해서 날뛰었을 것이다. 나는 헤어드라이어를 끄고 헤일리에게 문자 메시지를 보냈다.

—〈트루먼의 진실〉 보고 나한테 전화해.

나는 우리 모임에서 릴리의 전성기가 이제 얼마 남지 않았음을 직감했다.

헤일리

브리아나가 보낸 메시지를 받았다. 안 그래도 사이트를 확인하려고 마음먹은 터였는데, 어쨌든 알려 준 브리아나가 고마웠다. 얼굴에 로션을 바르면서 화면이 뜨기를 기다렸다. 그런데 이런 글이 올라 있었다.

릴리 클라크는 레즈비언이다!

믿지 못하겠다구요? 여기를 클릭하면 릴리의 블로그를 볼 수 있습니다. 릴리가 누구와 사귀는지 확인하세요.

링크를 열었더니 릴리가 얼마나 여자애를 좋아하는지 알려 주는 자주색 화면이 보였다. 거기에는 릴리가 좋아하는 여자 명단도 있었다. 그 명단에는 우리 모임 전체가 죽 나열되어 있었다. 게다가 나는 베스트 1위였다!

모두 7개의 댓글이 달려 있었다. 대부분 이렇게 얘기하고 있었다.

"죄다 레즈비언투성이구만!"

숨이 막혔다. 누가 이런 걸 올렸을까? 어느 왕떠버리가 한 짓이겠지만, 그게 누구일까?

아무튼 대책을 마련할 필요가 있었다. 사람들이 우리 모임 애들을 레즈비언이라고 여기도록 놔둘 수는 없었다.

이때가 바로 내가 릴리를 어느 정도 의심하기 시작한 시기였다. 그 애가 동성애자든 아니든, 그건 내 알 바가 아니었다. 하지만 그 이면에는 나를 어리둥절하게 만드는 뭔가가 있었다. 학교 애들이 더 이상 릴리를 중요하게 생각하지 않는다는 것이었다. 애들이 릴리를 하찮게 여긴다면, 우리도 그 애를 감싸 줄 필요는 없으니까.

곧바로 브리아나에게 전화를 걸었다. 이 일을 어떻게 할지 결정해야 했다. 학교에 가기 전에.

트레버

사이트에 릴리 클라크가 레즈비언이라고 쓴 글만 보고 그 애가 정말 레즈비언이라고 단정할 수는 없다. 애들은 초등학교 3학년 때부터 줄곧 나한테도 그랬으니까. 하지만 나를 믿어 달라. 난 게이가 아니다!

초등학교 시절 그런 모욕적인 말을 처음 들었을 때, 게이니 동성애니 호모니 하는 말들이 무슨 뜻인지도 몰랐다. 나는 동성애가 괴상하다는 뜻인 줄 알았다. 그 당시 나에겐 애들과 다른 점이 있었다. 그들과 똑같이 걷지도, 그들처럼 말하지도 않았고, 스포츠 스타나 아이돌이나 배우에 빠져 있지도 않았다. 그래서 다른 애들 눈에 나는 괴상한 놈이었을 것이다.

나는 인터넷에서 '호모'의 뜻을 찾아보았는데 '호모섹슈얼'의 준말이라는 걸 알았다. 그리고 단어의 뜻을 읽고 나서 헉! 하고 놀랐다. 내 자신에 관한 얘기는 아니었다. 콜 삼촌과 마이크 삼촌에 관한 얘기였다. 콜 삼촌은 엄마의 남동생이다. 마이크 삼촌은 그와 함께 산다. 침대가 하나뿐인 아파트에서.

3학년 때로 기억한다. 엄마는 내게 어디서 그런 말을 들었느냐고 물었다. 나는 학교 친구들이 나를 그렇게 부른다는 말을 하기 싫었기에 책에서 봤다고 말했다. 엄마는 콜 삼촌과 마이크 삼촌은 '호모'가 맞다고 하면서, 게이라는 말이 더 정확한 표현이라고 했다. 콜 삼촌과 마이크 삼촌은 내가 세상에서 가장 좋아하는 사람들이다. 나이가 들면서 나는 그들이 다른 사람과 그렇게 유별나게 다르지 않다는 걸 알았다. 어떤 경우라도 그렇게 크게 문제가 되지는 않았다. 삼촌이 게이라서 문제가 있다고 생각하는 것은 정말 어리석은 일일지도 모른다.

하지만 학교에서는 문제가 된다. 그저 사람들이 나를 게이라고 생각하기만 해도 문제가 된다. 그건 학교의 누군가에게 말할 수 있는 최악의 비밀이나 다름없다.

아무르

이슬람교도보다 사람들을 흥분하게 만드는 것이라면, 그건 동성애다. 최소한 학교에서는 그렇다. 릴리는 이 일을 겪으면서 힘든 시간을 보내게 될 것이다. 우리 학교에서는 애들이 누군가를 동성애자라고 생각하기만 해도, 그는 동성애자가 되는 것이다.

제이비

배경 화면과 디자인이 너무 똑같았기 때문에, 처음에 나는 아무르가 작년에 걔 엄마가 속한 원예 동호회를 위해 만든 사이트를 보는 줄 알았다. 그런데 '릴리의 레즈비언 일기'라고 적힌 글을 발견했다.

릴리가 레즈비언이라고? 정말? 설사 사실이라고 치더라도, 그게 그렇게 큰 비밀이었어?

나는 이 글이 진짜인지 의심됐다. 내 말은, 릴리처럼 남자라면 어쩔 줄 모르는 애가 어떻게 레즈비언이냐는 거다. 어쩌면 레즈비언이라는 사실을 숨기려고 일부러 남자를 좋아하는 척했는지도 모른다. 하지만 나는 누군가 일기장 전체를 꾸며 낸 것이라고 확신했다. 누가 자신의 일기장을 '나의 레즈비언 일기'라고 부르겠나? 진짜 레즈비언이라고 해도 그렇게 할까? 아닐 것이다.

설령 릴리가 정말 레즈비언이라고 한들, 그게 뭐 어때서? 지금은 21세기인데. 대부분의 사람들은 누가 동성연애자인지 아닌지 별로 상관하지 않는다. 글쎄…… 내가 아는 대부분은 신경 쓰지 않는다.

만약 내가 '릴리의 레즈비언 일기' 링크를 사이트에서 내리기라도 했다면 어땠을까. 결국 사이트를 운영하는 두 가지 원칙 중 하나는 올리는 글이 사실이어야 한다는 것이다. 그런데 나는 릴리가 레즈비언인지 아닌지 알 수 없었다.

하지만 릴리가 레즈비언이 아니라는 것 역시 사실인지 아닌지 알 수 없었다. 분명 어떤 사람은 사실이라고 생각했을 것이다. 그래서 그런 링크를 올렸을 테고. 겨우 링크 하나일 뿐인데 그렇게 심각한 문제는 되지 않을 것이다.

또 우리는 누구든지 원하는 대로 사이트에 올릴 수 있고 운영자는 사전 검열을 하지 않겠다고 말했었다. 결국 자유로운 발언권을 위해 나는 그 링크를 그냥 놔두기로 했다.

릴리

헤일리의 엄마가 그날 아침 다시 우리 엄마에게 전화를 하셨다. 헤일리가 체육 수업을 준비하기 위해 일찍 학교에 가야 해서 나를 태우러 올 수 없다는 거였다.

결국 그랬군. 나는 헤일리가 체육 수업을 위해 특별히 준비할 것이 없다는 걸 알고 있었다. 헤일리와 그 일당은 계속해서 나를 피하고 있었다. 새로 올라온 블로그가 내 것이 아니라는 걸 알면서도 말이다.

학교에 도착해서 나는 아무 거리낌 없이 화장실로 가서 친구들이 거기 있는지 확인했다. 걔들이 있었다면 아마 나를 모른 척했겠지. 그런 식으로 우린 모임에서 누군가를 쫓아내곤 했으니까. 하지만 화장실엔 아무도 없었다.

뭘 해야 할지 몰라서 나는 곧장 교실로 들어갔다. 귓속말과 키킥거리며 웃는 소리, 나를 보는 시선, 그리고 내 시선을 피하는 걸 봐서 이미 모두 내 블로그를 봤다는 걸 알 수 있었다. 더군다나 모두 그게 사실이라고 생각하고 있는 듯했다!

이제 어떻게 해야 하지?

캐시가 교실로 들어오는 것이 보였다. 캐시는 종이 울리기 5분쯤 전에 허둥지둥 달려 들어와 내 건너편에 있는 자기 자리로 미끄러지듯 앉은 다음, 내 시선을 피해 몸을 돌려 앉았다.

1교시 끝을 알리는 종이 울리자, 캐시는 자리에서 펄쩍 뛰어나가 급히 문을 나섰다. 캐시는 복도를 가로질러 가서는 브리아나와 모건이 수업을 마치고 나오기를 기다렸다. 브리아나는 나를 보고 억지웃음을 지어 보이곤 나를 지나쳐 캐시, 모건과 함께 복도를 걸어 내려갔다.

'나는 레즈비언이 아니란 말이야!'

그 애들을 향해 소리치고 싶었다.

'나는 남자 친구도 있는데! 그것도 인싸로 말이야. 모든 사람이 그걸 아는데, 도대체 왜…….'

바로 그거였다! 내가 해야 할 일은 모두에게 나와 리스의 관계를 알려 주는 것뿐이었다. 우리가 함께 복도를 걸어가는 모습을 보여 줘야 했다. 손을 잡고 걸으면 더 좋고. 그렇게 하면 모든 일이 해결될 것이다.

4교시가 끝나고 나는 구내식당 밖에서 리스를 기다렸다. 아이들이 줄을 지어 빠르게 지나가면서 계속 나를 쳐다보았다.

"레즈비언이래!"

몇몇 애들이 숨죽인 채 귓속말을 했다.

다른 애들은 나를 보며 돼지처럼 꿀꿀하는 소리를 냈다. 6학년 때 애들이 나한테 그랬던 것처럼.

그때 헤일리와 브리아나를 발견했다. 그 애들은 마치 나를 못 본 것처럼 고개를 돌렸다. 괴로움을 꾹 참고 아무렇지도 않은 척하려고 노력했다.

'리스는 왜 이렇게 안 오는 거야!'

나는 입술을 깨물며 생각했다.

마침내 리스가 남자애들하고 구내식당으로 가고 있는 걸 발견했다. 리스가 조시 슈마커에게 뭔가를 얘기하자 조시가 재미있어하는 표정을 지었다. 그들 중 누구도 나를 못 알아보는 것 같아 난 발뒤꿈치를 들어 "리스!" 하고 외치며 손을 흔들었다. 리스는 잠시 멈칫하더니 얼굴에 억지웃음을 띠었다. 조시가 몸을 구부려 리스에게 귓속말로 뭔가를 얘기하자, 리스가 고개를 끄덕였다. 그러더니 리스는 서둘러 도망치고 조시가 내 쪽으로 다가왔다.

"리스, 기다려!"

내가 다가가며 불렀지만, 조시가 내 길을 막고 섰다.

"난…… 말이야…… 너희 둘이 더 이상 사귀지 않는 걸로 알았는데."

"뭐라고?"

"그렇게 놀란 표정 지을 거 없어."

조시가 심술궂은 표정으로 이를 드러내며 웃었다.

"아무튼 넌 여자애들을 더 좋아한다며."

"아니라니까! 그 사이트에 있는 건 사실이 아니란 말이야!"

조시는 내 말을 듣지도 않고 가 버렸다.

리스

헤일리는 나더러 혹시 그 사이트에 어떤 글이라도 쓸 수 있는지 물었다. 난 싫다고 했다. 나는 국어 숙제를 할 때만 글을 쓴다. 하지만 헤일리는 적어도 나와 릴리가 어떻게 해서 헤어졌는지에 대해 쓰라고 했다. 어쨌든 좋다. 릴리랑 나는 헤어졌으니까.

하지만 내가 릴리를 찼다. 나는 그거 말고는 더 이상 할 말이 없었다. 내가 릴리를 찼다고 누가 나를 비난할 수 있을까? 사람들이 그 애는 레즈비언이라고 말하는데! 누가 레즈비언하고 데이트를 하고 싶겠나?

익명

작년 국어 수업 때 존스턴 선생님은 글보다 더 강력한 것은 아무것도 없다고 얘기했다. 나는 그때 그 말을 믿지 않았지만, 이제는 믿는다.

사람들은 이제 릴리 클라크를 너무 다른 시선으로 보고 있다. 그건 순전히 그들이 인터넷에서 본 몇 개의 글 때문이다. 이번 일은 내 기대 이상으로 효과가 있었다.

릴리

그날 수업이 모두 끝났음을 알리는 종소리가 그토록 나를 편안하게 해 준 적은 여태껏 없었다. 원래는 헤일리, 브리아나와 함께 학교를 마치고 응원 연습을 하러 브리아나의 집에 가기로 되어 있었다. 하지만 하루 종일 헤일리와 브리아나가 나에게 한마디 말도 하지 않던 걸 생각하면 오늘은 연습이 없을 거라고 여기는 편이 나아 보였다. 아니면 내가 그들과 함께 연습을 하지 않든가.

그런데 집에 가는 게 걱정이다. 엄마가 직장을 다니기 때문에, 나는 항상 헤일리나 브리아나 엄마 차를 타고 집으로 갔다. 그렇다고 엄마에게 전화를 걸어 오늘은 차를 얻어 타지 못한다고 얘기할 수도 없었다. 할 수 없었다. 걸어가는 수밖에. 학교에서 집까지 걸어서 간 적은 한 번도 없었지만, 걷기에 그리 먼 거리는 아니었다. 그러고 보니 제이비와 아무르는 전에도 항상 걸어서 다녔다.

집까지 걸어가려니 이상한 기분이 들었다. 애들이 나를 보고 왜 혼자 걸어가는지 궁금해할 것 같았다. 파란색 승용차 뒷좌석에 있던 녀석 몇 놈이 창문을 내리더니 지나가면서 "야, 레즈비언!" 하고 고함을 질렀다. 나는 그들이 누군지도 모른다. 그다음부터 나는 어떤 차가 지나가든 쳐다보지 않으려고 애썼다. 다만 브리아나 엄마의 차가 지나가는지는 힐끗거리며 살폈다. 내가 걷는 걸 본다면 어떻게 할지 궁금했다. 차를 세워 나를 태워 줄까? 아니면 무시하고 그냥 지나칠까? 하지만 집에 가는 내내 그 차를 보지 못했다.

집에 도착해서 메일을 열었다. 37통이나 와 있었다. 첫 번째 메일을 열었다.

너는 열라 왕재수야!!!

큰 글씨로 그렇게 쓰여 있었다. 그게 다였다. 삭제하고, 다음 메일을 열었다.

릴리, 메스꺼운 계집애. 넌 누구보다 잘난 척하며 돌아다니더라. 그런데 어쩌지, 너 레즈비언이라며?

난 레즈비언이 아닌데……. 눈물이 핑 도는 걸 참으며 생각했다.

'애들은 왜 저렇게 멍청한 말을 믿는 걸까?'

메일을 열어 보는 동안 두 손이 떨렸다. 나머지 메일도 방금 전 메일과 똑같을까? 나는 보낸 애들의 메일 주소를 훑어가면서 내가 아는 아이디가 있는지 살펴보았다. 딱 한 개가 내가 아는 것과 비슷해 보였는데, 아이디가 '에밀리레즈비언테이트(emilythe-lesbiantate)'였다.

그 아이디가 실제로 에밀리 테이트일 거라고는 생각하지 않았다. 난 그 애와 전혀 친하지 않았기 때문이다. 나머지 메일을 열어 봐야 할지 말지 망설여졌다. 일단 열기로 했다.

릴리, 정말 너랑 사귀고 싶어…….

거기까지 읽고 그만두었다. 삭제 버튼을 열 번도 더 눌렀다.

트레버

"야!"

리스가 수학 시간에 쉬쉬하며 말했다. 나한테 말을 거는 줄 몰랐기에 그냥 무시해 버렸다. 우리는 시험을 치르고 있었다. 그때 연필로 목을 찌르는 듯한 느낌이 들었다.

"야, 멍충아!"

리스가 작은 소리로 말했다. 나는 계속해서 무시했지만, 연필이 내 피부를 뚫고 뼈를 찌르는 듯했다.

"인마!"

내가 욱신거리는 목을 만지고 있을 때 리스가 또다시 속삭이며 말했다.

"좀 비켜 봐. 답이 안 보이잖아."

"커닝하면 안 되는 거 몰라?"

나는 나지막이 중얼거렸다.

그 와중에 양쪽에 있던 애들이 쳐다보고 있었다. 하지만 위셈 선생님은 핸드폰에 너무 집중한 나머지 무슨 일이 벌어지는지 모르고 있었다. 나는 내 앞에 앉은 캐시 휠러와 부딪히지 않을 만큼 최대한 앞으로 책상을 옮겼다. 그러고 나서 몸을 숙이고 앉아, 풀던 문제에 집중하려고 했다.

$X+12\frac{1}{3}=25$

X값을 구하시오.

계속해서 연필이 나를 찌르고 있는데 어떻게 X값을 구하란 말인가? 마치 딱따구리가 나를 쪼아서 내쫓으려고 하는 것 같았다. 처음엔 목을 쪼더니, 다음엔 오른쪽 어깨를, 다시 왼쪽 어깨, 그리고 다시 목. 그다음 허리. 쿡! 쿡! 쿡!

결국 나는 더 이상 참을 수가 없었다.

"가만히 좀 있으란 말이야!"

나는 의자를 홱 하고 돌리며 소리를 질렀다. 나는 리스의 손에 든 연필을 빼앗아 두 동강을 낸 다음, 그 애 가슴팍으로 던져 버렸다. 정말로 난 예전에는 절대 그런 적이 없었다.

리스는 놀라서 두 눈이 휘둥그레졌다. 나도 엄청 놀랐다.

"거기 뒤에 무슨 일이야?"

위섹 선생님이 물었다.

"트레버가 괜히 저한테 이상한 짓을 해요. 연필을 빼앗아 부러뜨려서 저한테 던졌어요."

리스가 아주 천연덕스럽게 거짓말을 했다.

"리스가 시험 시간 내내 연필로 저를 찔러 댔기 때문이라고요! 리스가 제 답안지를 보려고 저한테 비키라고 했어요."

"아니에요. 왜 제가 이 녀석 답안지를 베끼겠어요? 멍청한 녀석인걸요!"

멍청한 녀석이라고? 난 반에서 1등은 아니지만, 그래도 리스 녀석보다는 한참 나았다.

위셱 선생님이 책상에서 일어나서 내 쪽으로 걸어왔다. 그의 오른쪽 귀 위의 작은 핏줄이 떨리고 있었다.

"선생님!"

위셱 선생님이 내 손에서 시험지를 빼앗아 가자 나는 소리쳤다. 선생님은 리스의 시험지도 빼앗았다. 그러더니 그는 시험지 두 장을 포개어 반으로 찢었다. 이제 우리는 둘 다 빵점이다. 그건 공평하지 않았다. 내가 이 시험을 준비하느라 얼마나 공부를 열심히 했는데. 게다가 난 잘못한 게 하나도 없었다. 그저 시험을 치고 있었을 뿐이다.

"너희 둘은 나머지 시간 동안 호튼 선생님한테 가 봐. 학교에서는 싸우거나 커닝하는 것을 봐줄 수 없어."

나는 싸우지도, 커닝하지도 않았다. 하지만 소용없었다. 소지품을 챙긴 다음 서둘러 교실 문을 나섰다.

"야, 멍청아! 기다려!"

리스가 나를 따라잡으려고 하면서 소리쳤다. 나는 더 빨리 걷기 시작했다. 내가 호튼 선생님의 상담실에 리스보다 2.5초쯤 먼저 도착했지만, 선생님은 나보다 리스한테 먼저 들어오라고 했다. 저 녀석은 항상 여기서 특별 지도를 받곤 하는 모양이었다.

리스는 10분쯤 뒤에 문을 열고 나왔다.

"감사합니다, 선생님."

리스가 환하게 웃으며 말했다. 감사합니다, 선생님이라고?

"들어와라, 트레버."

나는 자리에서 일어났지만 들어가기 전에 리스가 내 앞을 지나가기를 기다렸다. 내가 예상했던 대로, 리스는 내 어깨를 부딪치며 지나갔다.

"이런, 미안."

녀석은 놀란 표정을 억지로 지으며 천연덕스럽게 말했다.

"앉거라, 트레버."

선생님은 지친 목소리로 말했다.

"시험 시간에 너랑 리스가 작은 문제를 일으킨 걸로 아는데?"

"문제를 일으킨 사람은 리스라고 생각합니다."

"그게 무슨 말이지?"

"저는 그냥 시험을 보고 있었을 뿐인데, 리스가 계속해서 연필로 저를 찔렀어요."

"리스가 연필로 널 찔렀다고?"

분명 선생님은 내 말을 믿지 않는 듯 보였다.

"리스가 왜 그런 짓을 했을까?"

세상에…… 그럼 하늘은 왜 파란색이냐고 선생님께 묻고 싶을 지경이었다.

"내 말은, 네가 뭘 하고 있었기에 리스가 화가 났느냔 말이야."

같은 말을 또 하게 만든다.

"시험을 보고 있었다고요!"

"목소리 낮추거라, 트레버."

난 할 수 없이 방금 했던 말을 더 조용한 목소리로 다시 말했다.

"저는 단지 시험을 보고 있었을 뿐이라고요."

"리스가 말한 것과 다르구나."

물론 그렇겠지. 그 녀석의 말을 어떻게 믿겠어? 사실이 아닌데.

나는 선생님 책상 앞으로 가서 그의 어깨를 붙잡고 흔들고 싶었다. 어떻게 다른 애들과 문제가 생길 때마다 듣는 말이 매번 이럴 수 있을까?

"그건 그렇고, 네가 뭘 하고 있었기에 화가 났을까, 트레버?"

누구라도 릴리 클라크에게 그렇게 물었을까? 그 애가 뭘 어쨌기에 사람들이 화가 났느냐고?

제이비

사이트에 업데이트할 게 좀 있었다. 그날은 아빠가 집에서 일을 보셨기에, 나는 집에서 그 일을 할 수 없었다. 그렇다고 학교에 가는 것도 내키지 않았다. 헤일리와 브리아나가 방과 후에 종합정보실에서 죽치고 있었기 때문이다. 그래서 나는 아무르에게 너희 집에 가도 되냐고 물었고 아무르는 그러라고 했다. 나는 혼자서 그의 방에 들어갔다.

사이트를 열자 새로 추가된 못된 선생님 세 명에 관한 글, 인싸 모임 애들이 레즈비언들의 집합이라고 쓴 '유영자에게 보내는 편지', 두 명의 여자애가 키스하는 만화, 그리고 릴리에 관한 밀크&허니의 '폭탄 발언'에 달린 댓글 백여 개. 나는 아이들이 우리 사이트에 대해서 왈가왈부하는 글을 읽고 맥이 빠져서 그 자리에 한동안 앉아 있었다.

정말로 훔쳐볼 생각은 아니었지만, 앉아 있는데 화면이 켜 있는 아무르의 핸드폰이 보였다. 나도 모르게 눈이 갔다. '짧은 동화'라는 제목의 글이 있었다.

아무르가 이야기를 썼다고? 사이트에 올리려고 쓴 걸까? 아무르는 컴퓨터 덕후였다. 그는 사실과 논리를 잘 다뤘다. 만약 어떤 일을 차근차근 단계를 밟아 가는 법을 글로 표현한다면, 아무르야말로 적임자였다. 하지만 창작은 글쎄? 그런 건 아무르와 맞지 않았다.

나는 아무르가 어떤 이야기를 썼는지 알고 싶어졌다. 그런데 그 애가 그런 것에도 관심이 있을 거라곤 생각하지 못했다…….
내가 그걸 두 눈으로 보기 전까지는.

짧은 동화

밀크&허니 지음

옛날에 릴리라는 이름의 계집애가 살고 있었다. 그 애는 예쁘지도 않고, 재미있지도 않았으며, 특별한 재능도 하나 없었다. 그 애에겐 뭐 하나 훌륭한 재능이라곤 없었다. 하지만 몇 가지 이유로 인싸 계집애들은 릴리와 어울렸다.

그런데 어느 날 인싸 중 한 명(지혜의 여신, 아테나라고 부르자)이 "왜 우리가 릴리와 어울리는 거지? 걔는 우리 이름에 먹칠이나 하게 될걸?" 하고 말했다.

다른 계집애들은 고민하다가 아테나 말이 옳다는 걸 깨달았다. 그래서 그날 이후로 어느 누구도 더 이상 릴리를 좋아하지 않았다.

도저히 믿을 수가 없었다. 아무르가 밀크&허니였단 말이야?

누군가 나를 모함하고 있었다. 나를 학교 전체의 적으로 만들고 있었다. 문제는 그게 누구냐는 거다.

그건 제이비와 아무르여야 했다. 다른 누구도 그들만큼 나를 싫어하지는 않았다. 제이비는 자기도, 아무르도 아니라고 장담했다. 하지만 걔들이 아니라면 누구란 말인가?

어쩌면 우리 모임 애들 중 한 명일지도 모른다. 내가 모임에서 빠지길 바라지만, 내가 헤일리랑 가깝게 지내기 때문에 차마 쫓아낼 수 없어서? 혹시 브리아나?

브리아나와 나는 그다지 친하지 않다. 그저 헤일리 때문에 참고 견디는 것뿐이다. 솔직히 말해 나는 브리아나가 우리 모임에서 쫓겨나더라도 아무 상관이 없다. 그 애도 나랑 같은 생각을 할지 모른다.

만약 브리아나가 후버 초등학교 동창과 얘기를 나누었다면, 내가 초등학교 때 뚱뚱했다는 걸 알았을 거다. 그 동창에게 졸업앨범이 있다면 내 옛날 사진을 한 장 구할 수도 있었을 테고.

나는 브리아나가 사진을 스캔해서 사이트에 올리거나, 익명의 메일 주소 또는 내 일기장 블로그를 만들 만큼 똑똑하다고는 생각하지 않았다. 하지만 그 애의 오빠가 천재라는 것만큼은 알고 있다. 그가 도왔을지도 모른다.

체조 여왕 헤일리에게 문자를 보내면 어떨까? 아마 그 애는 무시하겠지, 학교에서 그랬던 것처럼. 그렇지만 적어도 말을 건넬 수 있지 않을까? 나와 말을 하고 싶지 않더라도 최소한 내가 쓴 글을 읽어 보기는 할 테니까.

나는 헤일리의 이름을 누르고 이렇게 입력했다.

–안녕.

잠시 후 체조 여왕이 답장을 보냈다.

–안녕.

오호! 내게 말을 거네?

—난 네가 나 때문에 화가 난 줄 알았어. 화났니?

이렇게 입력하고는, 나는 답장을 기다리지 않고 계속해서 문자를 입력했다.

—나는 사이트에다 아무것도 올리지 않았어. 그건 내 일기가 아니야! 제발, 헤일리, 날 좀 믿어 줘!

—난 화나지 않았어.

헤일리가 답장을 보냈다.

나는 헤일리가 뭔가 더 얘기해 주길 바랐다. 내 말을 믿는지 어떤지, 아니면 우리가 계속 친구로 지낼 수 있는지……. 그런데 말이 없었다. 내가 다시 문자를 보냈다.

—어떤 놈이 나를 공공의 적으로 만들고 있어. 애들이 나에 대해 말하는 건 사실이 아니야. 난 레즈비언이 아니라고!

—그런데 왜 애들이 그러는 거지?

—내가 말했잖아. 어떤 놈이 나를 그렇게 만들고 있다고.

—누가 그런 짓을 하는데?

—나도 모르겠어. 혹시…… 브리아나가 아닐까 생각하고 있어.

그 말에 헤일리가 뭐라고 말할지 흥미로웠다.

—브리아나라고? 왜 그렇게 생각해?

—글쎄…… 걔는 나를 별로 좋아하지 않잖아. 내 생각에 걔는 내가 자기한테서 너를 빼앗았다고 여기는 것 같아. 그래서 걔가 나를 너의 적으로 만들려고 뭔가 꾸민 게 아닌가 싶어.

나는 기다리고 또 기다렸지만, 헤일리는 더 이상 아무런 말을 하지 않았다.

–헤일리? 아직 거기 있니?

–헤일리 여기 있어.

누군가 잠시 후에 답장을 보냈다.

–그리고 나도 헤일리랑 있어. 안녕, 릴리. 나야…… 브리아나.

오, 세상에!

아무르

기도를 끝냈을 때 엄마가 구운 빵을 접시에 한가득 담아 내 방으로 가고 있었다. 방에 들어간 순간 뭔가 잘못되었다는 느낌이 들었다. 제이비는 팔짱을 끼고 의자에 몸을 웅크리고 앉아 있었고, 푸른 머리카락이 헝클어져 있었다.

"왜 그래?"

빵을 건네며 내가 물었지만, 제이비가 빵을 받지 않자 나는 접시를 책상 위에 올려놓고 다시 물었다.

"왜 그러냐니까?"

이번엔 목소리가 커졌다.

"밀크&허니가 너였구나."

처음엔 무슨 얘길 하는지 몰랐다. 우유와 꿀이라고? 그때 제이비가 내 핸드폰 화면을 띄워 놓은 걸 보았다.

"아, 저거. 내가 쓴 게 아니야."

제이비가 고개를 쳐들며 나를 보았다.

"내가 안 그랬다니까! 나도 오늘 아침에 그걸 봤어. 그리고…… 그걸 내린 거고."

"그랬겠지."

제이비는 콧방귀를 뀌며 말했다.

"그렇다면 말이지. 아무르, 뭣 때문에 그걸 내린 거지?"

"글쎄, 적절한 글이 아니라서 말이지."

"우리 사이트엔 그런 게 더러 있잖아. 그런데 다른 것들은 왜 내리지 않고?"

"나는, 음……."

딱히 뭐라고 말해야 할지 몰랐다. 제이비의 말은 일리가 있었다.

"어떻게 내가 밀크&허니라고 생각하는 거니?"

제이비는 손가락을 꼽으며 이유를 말하기 시작했다.

"자, 나도 오늘 아침에 사이트에 접속해 있었어, 아무르. 그땐 이 글이 없었지. 두 번째 이유, 넌 아직도 초등학교 앨범을 가지고 있으니까 릴리의 사진을 스캔해서 우리 사이트에 올릴 수 있는 사람이지. 세 번째, 너보다 컴퓨터를 많이 아는 사람은 아무도 없다는 사실. 그래서 너는 모든 걸 계획하고, 나를 포함해서 어느 누구도 밀크&허니가 너라는 걸 알 수 없게 할 수 있었던 거지. 하지만 넌 한 가지 실수를 했어. 그게 네 번째 이유인데, '릴리의 레즈비언 일기'를 만들 때 너희 엄마 원예 동호회 사이트랑 똑같은 배경 화면을 사용했다는 거야!"

나와 가장 친하고 가장 오랜 친구인 제이비는 나를 거짓말쟁이로 몰고 있었다. 그리고 나쁜 놈이라고.

"글쎄, 이것 참 재미있는걸."

나는 헛기침을 하고는 침착하게 말을 이어 갔다.

"왜냐하면 최근에 난 혹시 네가 밀크&허니가 아닐까 하고 생각하던 중이거든."

"내가?"

"당연하지. 너도 졸업 앨범이 있거든. 너도 사진 정도는 스캔해서 업로드할 수 있고, 미적 감각도 꽤 있어서 릴리의 사진에다 그딴 걸 그려 놓았는지도 모르지. 넌 내가 우리 엄마의 원예 동호회 사이트를 만들 때 배경 화면 샘플을 어디서 구했는지 아니까, 너 역시 '릴리의 레즈비언 일기'를 만들 때 그걸 썼는지도 모르잖아. 그리고 릴리에게 너보다 많이 원한을 품은 사람은 아무도 없을걸."

제이비는 입을 떡 벌리긴 했지만, 더 이상 아무 말도 하지 않고 이내 입을 다물었다. 그러고는 나를 밀치고 방을 나가 현관문을 쾅 하고 닫고 가 버렸다.

브리아나

"릴리가 너에 대해 그런 말을 하다니 믿을 수가 없네. 넌 믿어지니?"

헤일리가 컴퓨터를 끈 뒤 나한테 물었다.

"응. 난 정말 걔가 그럴 줄 알았어. 릴리는 항상 호박씨를 까거든. 그 계집앤 네가 없을 때 네 얘기도 했다니까."

"정말 그랬어?" 헤일리는 놀란 듯한 표정이었다.

"물론 그랬다니까!"

"걔가 뭐라든?"

사실 릴리는 헤일리에 대해 나한테 말을 하진 않았는데, 그건 릴리와 내가 둘이서만 있는 시간이 별로 많지 않아서였다. 그렇지만 나는 분명 릴리가 다른 애들에게 헤일리 얘기를 많이 했을 것이라 믿고 있었다. 내 말은, 애들은 누구나 등 뒤에서 호박씨를 까곤 한다는 거다.

"괜찮아, 브리아나. 내가 속상할까 봐 말하기 꺼려지는 건 알아. 그래도 그 계집애가 뭐라고 말했는지 알고 싶으니까."

"그게 말이야…… 네가 너무 으스댄다던데?"

사실 모든 애들이 헤일리를 그렇게 생각하고 있었다.

"그리고 네가…… 참 나, 완전 이기적이래."

헤일리는 몸이 굳었다.

"또 뭐라 그러든?"

"잘 모르겠어. 정말이야."

헤일리는 일어나서 옷장 근처를 왔다 갔다 했다. 나는 그 애가 립스틱을 집어 들었다가 다시 내려놓는 걸 지켜봤다.

"릴리에 대해 더 이상 뭘 어떻게 생각해야 할지 모르겠어, 브리아나. 걔는 내가 생각했던 애가 아니야."

"내 생각도 그래."

"우리가 어떻게 해야 한다고 생각해?"

"넌 어떻게 생각하는데?"

"글쎄, 분명한 건 더 이상 걔랑 놀아 줄 수 없다는 거야. 아무래도 그 계집애를 떼 버려야 할까 봐."

그럴 때가 되었다.

제이비

아무르가 밀크&허니라니, 믿을 수가 없었다. 아무르는 내가 아는 가장 괜찮은 녀석이었는데. 그 애는 항상 차분하고 느긋했다. 또 절대로 다른 사람에 대해 나쁜 얘기를 한 적이 없었다. 열 길 물속은 알아도 한 길 사람 속은 알 수 없는 노릇이었다.

릴리가 우리와 절교한 지 2년이 지났다. 릴리와는 더 이상 친구로 지내고 싶진 않지만, 아무래도 마음은 아프다. 그때만큼 많이 아픈 건 아니지만, 아직도 슬픈 일이다. 그건 릴리가 너무 비열하게 행동했기 때문이다. 릴리가 우리와 어울리지 않는 문제는 별개의 일이다. 하지만 그 애는 새 친구들에게 더 이상 우리가 친구가 아니라는 걸 보여 주려고 못된 말을 하고 다녔다.

"제이비하고 아무르? 아니, 걔들은 내 친구가 아니야. 난 걔들하고 초등학교를 같이 다닐 때 잠깐 놀아 준 것뿐이라고. 그것도 엄마가 같이 놀아 주라고 해서 그런 거고."

이런 식으로 말이다.

참고로 말하자면, 릴리의 엄마는 이혼하고 남편이 떠났을 때 너무 엉망이 되어서 침대에서 일어나지도 못한 날이 많았다. 릴리 엄마는 그 애에게 뭘 이래라저래라 할 상황이 아니었다.

릴리는 중학교 1학년 때 내 머리가 깔끔하지 않다며 나를 '떡순이'라고 불렀다. 언젠가 한번은 아무르에게 테러리스트라고 말했던 것도 기억난다. 정말 최악이었다. 나는 그 말을 듣고 정말 화가 났지만, 아무르는 "내버려둬, 제이비. 화낼 가치도 없는 일인데 뭘." 하고 말했다. 하지만 겉으로 보기에도 아무르는 화가 나 있었다. 내 예상보다도 훨씬 많이. 그리고 지금 아무르는 복수를 준비하고 있었다.

그럼 나는 어떻게 해야 할까?

릴리

내 친구 모두가 학교에서 나를 못 본 체하고 있었다. 어떻게 하루아침에 인싸에서 왕따가 될 수 있단 말인가?

학교에서는 아무도 나에게 말을 걸지 않았지만, 메일은 보내고 있었다. 하루에도 몇 통씩 새로운 메일을 받았다. 대부분은 이미 받은 적이 있는 메일 주소로, 내가 얼마나 추하고 위선자인지, 또는 내가 얼마나 왕재수인지 알리는 것들이었다. 어떤 메일은 내가 죽었으면 좋겠다고 쓴 것도 있었다.

"릴리, 너 또 인터넷 하고 있니?"

엄마가 물으셨다. 엄마의 목소리가 들리자 몸이 움찔했다. 엄마는 어떤 때는 고양이 같아서 다가오는 소리가 안 들렸다. 나는 재빨리 메일을 닫고 평소처럼 행동하려고 애썼다.

"뭐 하고 있니?"

엄마는 나를 뚫어지게 보면서 물었다.

"학교 일 때문에요."

"학교 일이란 게 뭔데?"

엄마는 눈살을 찌푸리며, 내 쪽으로 한 발짝 다가왔다.

"넌 왜 엄마가 방에 들어오면 모든 걸 감추니?"

나는 이렇게 가까이에서는 엄마를 제대로 상대할 수 없었다. 바로 지금처럼.

"왜 엄마는 내가 하는 일에 대해 시시콜콜 아시려고 해요?"

그러고 나서 나는 쏜살같이 방을 나가려고 했다. 그러나 그 전에 엄마가 먼저 방문을 붙잡고는 나를 방 안으로 밀었다.

"난 사생활도 없는 거예요?"

나는 침대에 털썩 몸을 던지며 소리를 질렀다.

"안 돼! 지금처럼 행동한다면."

"지금처럼 뭘요?"

엄마는 내 옆으로 와서 어깨를 만졌다.

"무슨 일이 있는 거니, 릴리? 뭘 그렇게 숨기는 거야?"

"그런 거 아니에요!"

나는 엄마의 손길 밑에서 어깨를 들썩였다. 눈물이 핑 돌았다. 울지 말자고 생각하며 눈물을 삼켰다.

"아니, 숨기는 게 있어. 그게 뭐든 엄마는 인터넷과 관련이 있는 것 같고. 그러니까 엄마가 방에 들어올 때마다 넌 감추는 거고."

나는 이를 악물었다. '절대로 얘기할 수 없어. 엄마에겐 안 돼. 아무에게도 안 돼.'

"낯선 사람하고 채팅한 건 아니지?"

"뭐라고요? 아니에요!"

"엄마도 그러길 바란다. 네가 온라인에서 잘 모르는 사람들과 엮일 만큼 어리석지는 않길 바라. 그건 정말 위험하니까."

"저도 알아요."

엄마가 한숨을 쉬었다.

"도대체 그럼 뭐니? 말 좀 해 봐!"

하지만 나는 엄마에게 말을 할 수 없었다. 누구에게도 말을 할 수 없었다.

헤일리

우리는 릴리가 스스로 느끼는 게 있어 더 이상 우리 모임에 낄 수 없음을 깨닫게 될 거라고 확신했다. 하지만 릴리는 나한테 문자를 보내거나 우리와 함께 점심을 먹었다. 게다가 학교에서는 나를 계속 지켜보고 있었다. 마치 뭔가 끙끙 앓고 있는 것처럼. 릴리가 정말 레즈비언이라면 어쩐단 말인가.

"릴리가 금요일 축구 경기에 응원하러 나오면 어떡하지?"

학교 끝나고 우리 집에 모였을 때 브리아나가 물었다.

나는 릴리가 정말로 그러리라곤 생각하지 않았다. 하지만 만약 그러면 어쩌지? 그렇게 되면 정말 난처할 것이다. 우리 모두 말이다. 우리는 이미 릴리를 대신할 사람으로 캐시를 불렀다. 치사한 말이긴 하지만, 캐시는 릴리보다 나은 치어리더다. 캐시는 목소리도 크고, 점프도 더 높이 하며, 브리아나와 나를 돋보이게 한다.

"릴리가 금요일에 못 오게 하려면 어떻게 해야 할까?"

내가 물었다. 일부러 릴리의 집에 가서 응원복과 방울을 찾아올 수도 없는 일이었다.

"이렇게 하면 되겠다!" 브리아나가 말했다.

"우리가 리스나 오스틴, 아니면 축구팀의 선수인 척하면서 '우리 팀에 레즈비언 치어리더가 있는 걸 알면 사람들이 비웃을 게 뻔하니까 제발 나오지 말아 줄래?' 하고 메일을 보내는 거야."

흠, 나름 괜찮은 방법이었다. 그래서 우리는 함께 메일을 썼다. 남자 행세를 한다는 게 재미가 쏠쏠했다. 우리가 써 놓은 메일을 걸걸한 남자 목소리로 다시 읽으면서 브리아나와 나는 깔깔대며 웃고 또 웃었다. 잔뜩 볼멘소리를 내면서 말이다. 정말 메일이 있다는 게 고마울 따름이다! 누군가를 왕따시킬 때는 얼굴을 맞대는 것보다 온라인으로 하는 게 훨씬 편한 것 같다.

릴리

다음 날 아침, 다행히 〈트루먼의 진실〉에 새로운 글은 없었다. 그다음에 메일을 확인했다. 짜증 나는 7개의 메일을 읽지도 않고 삭제했다. '근심 많은 축구 선수 10명을 대신해서'라고 씌어 있는 메일을 막 삭제하려다가, 리스의 이름을 발견하고 읽어 보았다.

야, 릴리! 우리는 더 이상 네 응원이 필요 없어. 일을 복잡하게 만들지 마. 어떤 학교도 레즈비언 치어리더가 있진 않거든. 우리도 필요 없는 건 마찬가지고. 축구팀 모두가 원하는 일이다, 알겠지?

이게 사실일까? 아니면 헤일리랑 브리아나가 날 치어리더 팀에서 쫓아내려고 쓴 것일까? 어떻게 확인할 수 있을까? 아무래도 헤일리한테 연락을 해 봐야 할 것 같았다.

'뭐라고 말하지? 헤일리, 우리 다시 친구로 지내자. 이렇게?'

될 대로 되라는 식이었다. 정말로 자포자기하는 심정이었다. 헤일리의 이름을 눌러 문자를 보냈다.

–얘기 좀 할래?

바로 답장이 왔다.

–상대방은 현재 수신을 거부한 상태입니다.

내가 궁금했던 게 해결되는 것 같았다.

복도에서 아무르와 마주칠 때마다, 그 애는 독을 잔뜩 묻힌 화살을 쏘기라도 할 것처럼 나를 째려보았다. 아무르는 원래 그렇게 독한 애가 아니었다.

'도대체 뭐가 문제지? 왜 자기가 나한테 화를 내? 지금 화를 낼 사람은 바로 나라고!'

아무르는 거짓말을 했다. 나한테 거짓말을 하다니. 게다가 나를 밀크&허니로 몰기까지 하다니. 너무 화가 났다.

학교가 끝나고 아무르와 마주칠까 봐 종합정보실로 갔다.

"제이비! 안녕, 요즘 잘 지내니?"

안으로 들어갈 때 콘웨이 선생님이 물었다. 선생님은 책 몇 권을 안고 있었다.

"네. 정리하는 걸 제가 좀 도와드릴까요?"

"글쎄, 이것만 정리하면 돼. 트레버랑 사라가 벌써 다 정리해 놓았거든."

트레버가 책을 서가에 정리하고 사라는 의자를 밀고 있는 모습이 보였다. 저 두 사람은 방과 후면 항상 종합정보실에 있었다. 하루도 거르지 않고.

"그래도 제가 좀 도와드릴게요."

나는 정말로 집에 가는 길에 아무르와 마주치고 싶지 않았다.

"그래."

콘웨이 선생님은 내 팔에 책을 올려 주었다. 책을 정리하는 데 오래 걸리지 않았다.

"제가 더 도와드릴 일이 없을까요?"

"없는 것 같은데, 그래도 고맙다, 얘야."

나는 고개를 끄덕이고는 이내 걸어 나가기 시작했다. 그런데

문 앞에 이르기도 전에 콘웨이 선생님이 물었다.

"아무 일 없는 거니, 제이비? 기운이 좀 없어 보이는구나."

나는 너무 기운이 없었다. 학교에서 내 문제에 관해 털어놓을 수 있는 사람을 꼽으라면, 바로 콘웨이 선생님이었다. 하지만 선생님은 〈트루먼의 진실〉에 대해 모르실 거고, 또 선생님에게 아무르에 대해 그대로 털어놓고 싶지 않았다.

"괜찮아요, 선생님. 그냥 좀 피곤해서 그래요."

어찌 됐든 간에 아무르 일은 내 스스로 알아내기로 했다.

릴리

내 인생에서 그토록 외로웠던 적은 없었다. 엄마가 퇴근하고 집에 돌아오는 오후 6시까지, 하루 종일 나는 누구와도 말 한마디 못 했다. 엄마가 온 다음에도 고작 몇 마디 했다.

"네, 아뇨, 아니라니까요, 괜찮아요, 숙제가 좀 많아요, 알았어요, 피곤해요, 안녕히 주무세요."

요게 하루 종일 내가 말한 전부였다. 나는 생전 말 안 하는 그 괴상한 계집애랑 다를 바 없었다. 지금은 그 계집애가 오히려 나보다 더 인기 있을 거라는 생각이 들었다.

그게 다가 아니다! 학교에서 애들은 내 이름을 불러 대고, 나를 보며 수군거리거나 아예 못 본 척 무시했다. 내가 집에 가면 나에게 메일을 보내거나 쉴 새 없이 문자를 보낼 게 뻔했기 때문에 사정은 더 나빴다.

그러던 어느 날 〈트루먼의 진실〉에 새로운 글이 올라왔다.

릴리의 레즈비언 일기가 마음에 든다면 오늘 저녁에 올라올 새 소식을 기대하시라.

—밀크&허니

오, 안 돼. 뭐가 더 있다는 거야?

오늘 저녁에 올라올 새 소식이라니?

잠깐! 밀크&허니는 바로 나라고. 난 저런 걸 올리지 않았단 말이야! 누가 내 이름을 훔쳐서 저따위 걸 올린 거지?

릴리

밀크&허니가 뭘 올릴지 내내 기다렸지만, 엄마가 집에 올 때까지 아무 글도 올라오지 않았다. 엄마는 나를 철저히 감시했다. 그래서 저녁 시간에는 사이트를 볼 수 없었다. 아무튼 밀크&허니가 뭘 올렸는지 알지 못한 채 내일 학교에 갈 수는 없는 노릇이었다. 어쩔 수 없이 알람 시계를 새벽 두 시에 맞춰 놓았다. 하지만 알람 시계는 필요 없었다. 쉽사리 잠들지 못했기 때문이다.

새벽 두 시에 슬며시 핸드폰을 켰다. 눈이 부셔서 실눈을 뜨고 화면을 보면서, 사이트 주소를 누른 다음 〈트루먼의 진실〉이 뜨기를 기다렸다. 무슨 내용이 올라왔을지 두려웠다. 또다시 달랑 한 줄만이 나타났다.

흥미로운 걸 찾는다면 여기를 클릭하세요.

그걸 누르자 이내 처음 보는 사이트가 떴다. 사이트 제목은 '안티 릴리 카페'.

릴리 클라크를 얼마나 싫어하세요? 250자 이내로 글을 올려 주세요. 최고의 글을 쓰신 분께 5달러를 드립니다!

5달러라고? 나를 얼마나 싫어하는지 써서 올리라고? 대체 누가 이런 사이트를 만든 거야? 누가 심사하고 상금을 준다는 거지?

하지만 벌써 5개의 글이 올라와 있었다.

익명

솔직히 지난번에 올린 건 내가 한 짓이다. 내가 릴리의 사진을 올렸다. 다음 날 사진을 수정한 것도 나다. '릴리의 레즈비언 일기'도 내가 만들었다. 〈트루먼의 진실〉에 기분 나쁜 댓글을 올린 것도, '밀크&허니'란 이름으로 릴리에게 여러 메일을 보낸 것도 나다. 하지만 '안티 릴리 카페'는 내가 만들지 않았다. 맹세컨대 절대 아니다!

릴리 클라크를 얼마나 싫어하세요?

이게 정말 아무르가 한 짓일까? 아무리 릴리가 싫다고 해도 이런 사이트를 만들어서 올리다니 정말 심했다. 테러나 마찬가지다.

고민이 깊어졌다. 만약 아무르가 밀크&허니가 아니라면? 그 애가 아니라면 누굴까?

그걸 알아낼 쉬운 방법이 하나 떠올랐다. 아무르는 '짧은 동화'가 그날 일찍 우리 사이트에 올라와 있었다고 주장했다. 나도 그날 아침 일찍 사이트에 접속했지만, 그걸 보지는 못했다. 그 때문에 그가 글을 내렸을 때 아무르를 믿지 못했던 것이다. 하지만 아무르가 나보다 먼저 사이트에 접속해 있었다면?

내가 할 일은 사이트 방문 기록을 확인해 보는 것이었다. 일단 기록을 확인해 보기로 했다.

내가 뭘 알아냈을지 맞혀 보시라. 그 동화는 그날 아침 우리가 확인하기 20분쯤 전에 올라온 글이었다. 정말 그렇게 맥이 빠진 적도 없었다.

아무르는 사실대로 말한 것이다. 글을 올린 사람은 다른 사람이었다. 아무르는 그걸 내린 것뿐이었다. 그리고 난 그걸 믿지 않았고.

아무르가 나한테 화를 낼 만도 했다. 나랑은 둘도 없는 친구가 아니던가? 핸드폰을 들고 아무르의 번호를 눌렀다. 그런데 아무르 엄마가 받았다.

"잘 있었니, 제이비? 어떡하지, 지금 아무르 아빠하고 운동하러 나갔거든."

"아저씨 번호 좀 알려 주실래요? 아무르하고 꼭 통화해야 해서요."

아무르의 엄마가 알려 주신 번호로 전화를 걸었지만 받지 않았다. 아무르 아빠가 벨 소리를 듣지 못한 듯했다. 아니면 아무르가 내 전화를 피했을지도…….

릴리

"몸이 별로 안 좋아요."

엄마가 깨우러 들어왔을 때, 나는 앓는 소리로 말했다. 어젯밤에 거의 잠을 못 잔 탓에 정말로 몸이 안 좋았다. 게다가 일어나기 직전 15분 동안이나 이불을 머리까지 푹 뒤집어쓰고 있었다. 그 때문에 머리는 온통 땀범벅이었고, 제대로 숨을 쉴 수가 없었다.

"왜 그러니?"

나는 최대한 불쌍한 표정을 지었다.

"머리가 아파요. 배도 아프구요. 그리고 목도."

엄마는 허리를 숙이고 내 이마를 짚었다.

"열이 좀 있구나. 체온계 가져올게."

잠시 후 엄마는 어디 가서 내밀지도 못할 만큼 구닥다리 체온계를 가지고 와서는 겨드랑이에 밀어 넣었다. 그러고 나서 엄마는 출근 준비를 하러 방을 나갔다.

그렇게 구닥다리 체온계에 좋은 점이 하나 있었다. 전등불을 잠시만 쪼이면 온도를 어느 정도 올릴 수 있었다. 엄마가 방을 나가자마자, 나는 옆에 있는 전등 쪽으로 몸을 굴려 전등 밑에 체온계를 붙잡고 있었다. 온도가 39도까지 올랐을 때, 얼른 체온계를 겨드랑이에 넣었다.

방으로 돌아온 엄마는 체온계를 보더니 나를 내려다보면서 눈살을 찌푸렸다.

"너 정말 몸이 아픈가 보구나."

엄마는 다시 한숨을 쉬었다.

"엄마가 집에 있었으면 좋겠니?"

"아뇨, 괜찮아요."

엄마가 회사 일 때문에 시간을 내기 어렵다는 걸 알고 있었다. 게다가 어쨌든 나는 혼자 있고 싶었다.

엄마는 점심때 집에 들렀다. 전에 너무 맛있어서 내가 네 그릇이나 해치운 적이 있는 스파게티를 사 가지고. 나는 여전히 아픈 표정을 지으며 괜찮다고 말했다. 이렇게 해서 내일도 집에 있을 작정이었다. 잘하면 모레까지도.

사실은 다시는 학교에 가고 싶지 않았다.

아무르

"아무르!"

1교시가 끝나고 쉬는 시간에 제이비가 나를 불렀다.

"아무르, 기다려 봐!"

나는 기다리지 않았다. 나는 제이비와 더 이상 할 말이 없었다. 결국 제이비는 나를 놓치고 말았다. 제이비가 3교시 끝난 쉬는 시간에 또다시 나를 찾았지만, 이번에는 화장실로 숨어 버렸다. 또 제이비가 구내식당에서 나를 기다릴 게 뻔했기 때문에 점심시간에 수영장에 가서 몇 바퀴 헤엄치기로 마음먹었다.

수영을 끝내고 탈의실로 갔을 때, 제이비가 의자에 앉아 있었다.

"제이비, 여긴 남자 탈의실이야!"

내가 허리에 수건을 두르면서 말했다.

"그래서?"

"그러니까 넌 여기 들어올 수 없다는 말이지."

제이비가 남자 탈의실에서 이럴 수 있다는 건 배짱이 필요한 일이다.

"흥분하지 마. 여긴 아무도 없다고. 얘기 좀 하자, 아무르."

"옷 좀 입어야겠어."

나는 한기에 몸을 떨면서 사물함으로 몸을 돌렸다. 옷을 꺼내 제이비가 앉아 있던 의자 옆에 내려놓았지만, 제이비는 움직일 생각도 하지 않았다. 기가 막혀 한숨이 나왔다.

"왜 이러는 거야, 제이비. 좀 가라고!"

"난 네가 밀크&허니가 아니라는 걸 알아."

마침내 제이비가 입을 열었다.

"내가 사이트 방문 기록을 확인했거든. 그 동화는 그날 아침에 올라온 거였어, 네가 말한 것처럼."

"왜 제대로 확인하지도 않고 날 의심한 거야?"

"미안, 진작 그랬어야 했는데."

"당연하지. 진작 그랬어야지. 나도 미리 너한테 그 얘길 해 줬어야 했는지도 몰라. 아무 말도 없이 그걸 내리는 게 아닌데."

"그런데 왜 그랬어?"

"나도 모르겠어. 너한테 얘기하려고 했는데 깜박했나 봐. 밀크&허니가 올리는 글 때문에 지긋지긋했었거든. 그래서 내린 거야. 넌 지겹지 않았니?"

"물론 나도 짜증 났지. 그래도 우리가 만든 사이트인데, 그저 지겹단 이유로 글을 내려서는 안 되지."

"확실해? 우리가 만들어 가는 게? 우리가 하고 싶은 얘길 하고 있는 게 맞냐고?"

"하, 아무래도 아닌 것 같아. 마치 릴리에 관한 소문을 퍼뜨리는 사이트 같아. 어쩌다 이런 일이 생겼을까, 아무르?"

나는 아무 대답도 못 했다.

"네가 글을 내리고 나서 밀크&허니한테서 아무 항의도 없었어? 혹시 다시 올리려고 뭔 짓이라도 하지 않았어?"

"아니. 내 생각엔 새로 만든 사이트를 운영하느라 바쁜 것 같아. '안티 릴리 카페' 봤어?"

제이비가 고개를 끄덕였다.

"그래서 난 네가 밀크&허니가 아니란 걸 알게 된 거야. 너무 부끄럽지만 말이야."

"그랬구나."

"넌 정말 내가 밀크&허니일 거라고 생각했었니?"

"혹시 그럴지도 모른다고는 생각했지. 하지만 정말로 그렇게 생각한 건 아냐. 네가 나한테 밀크&허니라고 말할 때까지는. 그 말 듣고 정말 화가 났었거든."

"나도 알아. 미안해."

"나도 미안해."

갈수록 〈트루먼의 진실〉은 릴리에 관한 뜬소문에 집중되고 있었다. 모든 것이 제 살 깎아 먹는 일 같아서 난 어떻게 해야 할지 난감했다.

나는 〈트루먼의 진실〉이 학교생활에 관한 진실하고 솔직한 정보가 모이는 곳이길 바랐다. 그것이 모든 학생과 연결된 무엇이기를 바랐고, 모두가 그 안에 속한다고 느끼길 바랐다. 좋지 않은 생각과 감정일지라도 누구나 자유롭게 대화할 수 있기를 바랐다. 그러나 어쩌면 내 기대가 너무 지나쳤는지도 모른다.

헤일리

릴리는 일주일 내내 학교에 나오지 않았다. 릴리는 그동안 한 번도 학교에 빠진 적이 없었기 때문에 정말 이상했다.

"걔한테 무슨 일이 생겼나 봐."

점심을 먹으면서 캐시가 말했다.

"병에라도 걸렸나 보지, 뭐."

카일리가 사과 한 조각을 입에 넣으며 말했다.

"걔는 이미 끔찍한 병적 존재야."

브리아나가 투덜거리며 맞받았다.

"브리아나!" 나는 충격을 받은 척하며 말했다. "너무 심한 말이네." 그러면서 나는 입가에 미소를 지었다.

"이제 학교에 못 올지도 몰라." 캐시가 말했다.

"다시 학교에 나오는 게 두려울 거야. 알다시피 걔는 이제 친구도 하나 없으니까." 카일리가 말했다.

“오, 가엾어라. 난 너희가 없었다면 학교에 오기 싫겠지만, 그렇더라도 학교는 다녔을 거야. 나라면 다른 친구를 찾을 텐데.”

“헤일리, 지금 장난하니? 말도 안 되는 소리 하지 마.” 브리아나가 말했다.

“그건 그렇고, 학교 끝나면 누가 나랑 같이 그동안 올라온 ‘안티 릴리 카페’ 게시물 심사하는 걸 도와줄래?” 내가 물었다.

“우리 모두 하고 싶을 것 같은데.” 브리아나가 히죽거리며 말했다.

다른 애들도 고개를 끄덕였다. 카일리만 빼고 모두.

“뭣 때문에 그래?”

“난 고민 중이야.”

카일리가 어깨를 움츠리더니 접시 위에 있는 샐러드를 휘저으면서 말했다.

“‘안티 릴리 카페’가 완전히 익명으로 되어 있는 거 맞지? 아무도 그게 우리가 만든 사이트란 걸 모르고. 또 화면에 표시되는 이름조차 누군지 알 수 없게 되어 있잖아.”

“그래서?”

“그렇다면 우리가 그들이 누군지 모르고 그들도 우리가 누군지 모르는데 무슨 수로 상금을 주겠다는 거야?”

“알아낼 방법이 있을 거야.” 브리아나가 곧바로 대답했다.

“그럼. 1등한테 메일을 보내거나 하면 되지 뭐.” 나도 브리아나 말에 맞장구를 쳤다.

브리아나가 말한 것처럼 알아낼 방법이 있을 거다.

트레버

점심시간에 인싸 패거리가 릴리에 대해 얘기하는 걸 우연히 들었다.

'잘하는 짓들이다. 저런 친구들하고 있으면 사방에 온통 적이겠군.'

나는 저것들이 따돌리는 애가 오히려 가끔은 자기들을 무시하고 있다는 걸 생각이나 해 봤을지 궁금했다. 이런 얘기는 신문이나 TV에도 자주 등장한다.

사라 머피와 나, 우린 둘 다 따돌림을 당하고 있지만, 릴리는 그렇지 않았다. 솔직히 나는 릴리가 이런 모욕을 감당할 수 있을지 의문이었다. 만약 릴리가 미치기라도 해서 정말로 못된 짓을 한다면 어떻게 될까?

누구 하나라도 릴리를 걱정해 주는 사람이 있긴 할까? 선생님들 중엔 그런 분이 있을까? 혹시 호튼 선생님? 지금 벌어지고 있는 일의 실마리를 아는 사람이 있을까? 아마 없을 것이다. 대개 선생님들은 그런 걸 알아내는 데에는 소질도, 관심도 없는 사람들이다.

릴리

주말 동안 몸이 좀 회복되긴 했지만, 월요일에 다시 몸이 안 좋아졌다. 그럭저럭 나는 사흘간 학교에 가지 않았다. 사흘이 지나면서 더 이상 체온을 재지 않는 걸 보니 엄마도 눈치를 챈 듯했다.

엄마에게 물을 한 잔 달라고 했지만, 엄마는 체온계를 뺄 때까지 기다리라고 했다.

"좋은 소식이구나. 이제 학교에 가도 되겠다."

엄마가 체온계를 아래로 흔들면서 말했다.

"아직도 몸이 안 좋다고요. 학교에 가면 안 될 것 같아요."

나는 배를 움켜잡고 신음하며 말했다. 엄마는 침대로 다가와서 내 옆에 앉았다.

"무슨 일인지 말해 봐. 왜 학교에 가기 싫은지."

"몸이 안 좋아서 그래요."

"뭔가 다른 일이 있는 것 같은데? 너는 학교 가는 걸 좋아했잖아. 친구들하고 어울리는 것도 좋아하고……."

그랬다. 친구가 있었을 때는.

"친구들하고 무슨 문제라도 있는 거니?"

"아뇨."

나는 퉁명스럽게 말했다. 왜냐하면 지금 내가 처한 상황은 '문제' 이상의 것이니까. 이건 재난이다. 친구들은 더 이상 나를 좋아하지 않는다. 아무도 나를 좋아하지 않았다.

"그냥 몸이 안 좋아요. 제발, 엄마! 하루만 더 집에서 쉬면 안 돼요?"

나는 정말, 정말로 하루만 더 집에 있고 싶었다. 최소한 하루만이라도 더.

엄마는 입술을 굳게 다물고 눈살을 찌푸렸다.

"어째서 집에 있으려는지 진짜 이유를 말하기 전에는 안 돼."

"몸이 안 좋다는데 그게 이유가 안 돼요?"

"사흘이 지났을 땐 그렇게 안 되지. 내가 별다른 증상을 보지 못했기 때문에 안 되는 거야. 너는 배가 아프다고 말했지만, 토하지도 않고 음식도 잘 먹었잖아. 평소와 다른 걸 먹더라도 말이야. 엄마는 네가 정말로 아프다고 생각하지 않는단다. 내 생각엔 뭔가 다른 일이 있는 것 같구나."

설령 엄마에게 어떤 일이 있었는지 말하더라도, 엄마는 내가 집에 있는 걸 허락하지 않을 것이다. 그저 그런 일은 잊어버리라고, 친구들이 영원히 화내진 않을 거라고 달랠 것이다. 심지어 친구들이 화가 난 게 아니라고까지 말할지도 모른다. 그러나 '화가 난 것'과 '더 이상 좋아하지 않는 것'에는 큰 차이가 있었다.

"아무튼 네가 엄마한테 무슨 일이 있었는지 말하지 않을 거면, 학교에 가도록 해."

엄마는 내가 덮고 있던 이불을 치웠다.

"어서. 일어나."

엄마는 내 옷장으로 가서 맨 밑의 서랍을 열고 청바지를 꺼냈다. 양말과 속옷, 그리고 옷장에 있던 블라우스까지. 청바지와 좀처럼 어울리지 않는 블라우스였다.

"15분 내로 옷 입고 학교 갈 준비를 해라."

엄마는 단호했다. 그러고는 방문을 닫고 나갔다. 나는 괴로운 심정을 억누르며 몸을 일으켜 앉았다.

'까짓것, 좋아.'

옷을 집어 들며 이렇게 마음먹었다.

'엄마가 차로 학교까지 데려다줄 수는 있어도, 내가 학교에 안 들어가면 그만이니까.'

헤일리

"너희, 오늘 아침에 누가 '안티 릴리 카페'에 올린 글 봤니?"

학교로 가는 엄마 차 안에서 카일리가 조용히 물었다.

"아니. 그게 뭔데?"

브리아나가 카일리를 뚫어지게 보면서 물었다. 브리아나와 나는 차 가운데 줄에 앉아 있었다. 카일리, 캐시, 모건은 우리 뒤쪽에 앉아 있었다. 카일리는 엄마가 우리 얘기를 듣고 있는지 눈치를 살핀 다음, 낮은 목소리로 속삭였다.

"누가 '릴리 클라크에 대해 알고 싶은 베스트 10' 목록을 만들었대. 그중에는 '계단에서 굴러떨어진 얘기'랑 '토하는 걸 참았던 얘기' 그리고 '절벽에서 뛰어내린 얘기'도 있대!"

"와, 저런. 난 아직 못 봤는데." 캐시가 킥킥거리며 말했다.

"나도 아직 못 봤어." 브리아나가 말했다.

"너희!" 카일리가 성난 듯 소리를 높였다.

"왜 그래?" 캐시가 물었다.

"너무 심하다고 생각 안 해? 뭐, 릴리가 토하는 걸 참았다고? 절벽에서 뛰어내리고? 그랬으면 죽었겠지!" 카일리가 격하게 대답했다.

모두 나를 쳐다보았다. 지금 나눈 얘기가 정말 심한 건지 잘 모르겠다는 듯이 말이다.

사실 '릴리 클라크에 대해 알고 싶은 베스트 10'을 올린 사람은 나였다. 하지만 친구들은 아직 그 사실을 모르고 있었다. 나는 애들이 내 얘기를 모두 1등이라고 뽑으면 사실을 말해 줄 작정이었다.

"우리가 릴리를 죽이기라도 하겠다는 건 아니잖아."

브리아나가 카일리에게 말했다.

"맞아, 이건 그냥 인터넷에 누가 쓴 글일 뿐이야. 별로 나쁜 짓은 아니라구." 캐시가 덧붙여 말했다.

"맞아." 모건이 고개를 끄덕였다.

카일리는 책을 가슴에 안으며 조용히 말했다.

"난 잘 모르겠어. 인터넷에서 너에 대해 그렇게 말한 글을 읽었다면 넌 어떻겠니?"

나는 카일리의 태도에 점점 짜증이 났다.

"넌 왜 갑자기 릴리 일을 걱정하는 건데? 너, 릴리 좋아하는 거 아냐? 다시 걔랑 친구로 지내고 싶은 거야?"

"아니야." 카일리가 간신히 들리는 소리로 말했다.

"좋아. 그럼 됐어." 내가 말했다.

릴리한테 일어난 일이 카일리에게도 일어날 수 있는 법이다. 나는 카일리가 그 사실을 깨닫길 바랐다.

릴리

엄마는 나를 학교까지 태워다 주는 길에 내내 말을 걸었지만, 나는 가방을 꼭 끌어안은 채 차창 밖을 내다보기만 했다.

"무슨 일이 있는지 말도 안 하면서, 너는 어떻게 엄마가 도와주길 바라니?"

나는 엄마가 도울 수 있다고 기대하지 않았다.

"제발, 릴리야. 말 좀 해 봐."

나는 엄마한테 말할 수 없었다. 누구한테도 말할 수 없었다. 차가 학교 앞에 이르렀을 때 두 눈에 눈물이 고였지만, 아랫입술을 깨물며 눈을 찔끔 감았다. 엄마는 한 번 더 물었다.

"도대체 뭔데 그러니?"

나는 차에서 내려 등을 돌린 채 쾅 하고 문을 닫았다. 사라지고 싶었다. 아무도 없는 곳으로 가고 싶었다. 인터넷이 안 되는 곳으로. 아무도 나를 찾을 수 없는 곳으로.

엄마는 내가 학교 쪽으로 걸어가는 모습을 지켜보고 있을 게 뻔했다. 등 뒤에서 엄마가 보고 있다는 걸 느낄 수 있었다. 그래서 계속 걷다가 담장 끝에서 마침내 엄마가 출발하는 모습을 보았을 때, 나는 정문 쪽으로 가는 대신에 몸을 돌려 태연하게 버스와 나란히 걸었다. 나를 보는 사람이 아무도 없다는 걸 확인하고는 쏜살같이 학교 모퉁이 쪽으로 달려갔다. 학교 벽면을 따라 조금씩 움직이다가 또 다른 모퉁이를 돌아 건물 뒤쪽으로 걸어갔다.

환풍기가 달그락거리며 돌아가고 물 흐르는 소리가 들렸다. 조리실 뒤쪽이었다. 이곳엔 처음 와 봤다. 대형 쓰레기통 주변을 어슬렁거리다가 누군가의 다리에 걸려 넘어질 뻔했다. 사라 머피였다. 이 계집애는 더러운 바닥에 앉아서 쓰레기통에 등을 기댄 채, 컴퓨터 게임 잡지를 읽고 있었다.

"너, 여기서 뭐 하고 있는 거야?"

사라는 나를 올려다봤지만, 아무 대꾸도 하지 않았다. 어라, 이것 봐라.

"넌 왜 항상 나랑 마주치는 거야?"

여전히 말이 없었다. 표정도 없었다. 아무것도.

"넌 왜 생전 말을 안 하느냔 말이야?"

세상에! 내가 지금 대답조차 없는 애한테 말을 걸고 있는 건가.

나는 이곳을 떠나야 했다. 나는 학교와 주택가를 구분하는 담장 쪽으로 달려갔다. 그런 다음 달리고 또 달렸다. 더 이상 달릴 수 없을 때까지.

사라

모든 애들이 왜 내가 말을 안 하는지 궁금해한다. 애들이 나한테 와서 얼굴을 맞대고 "야, 넌 왜 말을 안 하는 거야?" 하고 묻는 게 아주 재미있는 모양이다.

우선 나는 말을 한다. 집에 가면 말을 한다. 인터넷으로 친구들과도 말하고. 난 그저 학교에서만 말을 하지 않을 뿐이다.

왜 그러냐고? 그건 내가 중학교 1학년 때로 다시 돌아가지 않기로 결심했기 때문이다.

모든 건 릴리와 그 계집애들이 습진을 꼬투리 삼아 체육관에서 매일 나를 조롱하면서 시작되었다. 내 피부는 좀 거칠있다. 그건 지금도 마찬가지다. 하지만 애들이 날 곰팡이라 부르고, 내 옆에 앉기를 꺼리고, 나와 닿기를 싫어하는데 내가 무슨 말을 할 수 있겠는가. 그건 내가 습진을 치료한다고 될 일이 아니었다. 그래서 나는 말을 안 하기로 했다. 다른 친구들이 나한테 이러쿵 저러쿵 말하는 건 맘대로 할 수 없지만, 내가 대답을 안 하는 건 내 뜻대로 할 수 있다.

원래 내가 대꾸하고 싶지 않았던 건 순전히 그 못된 계집애들 때문이었다. 그러다가 다른 사람들에게로 번졌다. 선생님들까지도. 학교에 발을 들여놓는 순간부터 학교를 벗어날 때까지, 나는 침묵으로 일관했다. 어떤 질문도 하지 않고, 어떤 질문에도 대답하지 않고, 단 한마디도 하지 않았다.

갑자기 아무 말도 하지 않으면 사람들은 조금 당황하게 된다. 호튼 선생님이 나를 상담실로 불러, 무슨 문제가 있는지 물어본 적도 있었다. 나는 아무 대답도 하지 않았다.

"선생님들이 너를 걱정하고 있단다, 사라. 네가 말을 하지 않는 데에는 무슨 이유가 있을 거야."

나는 그저 선생님을 쳐다보기만 했다. 나는 선생님에게 그 이유를 털어놓고 싶지 않았다. 호튼 선생님은 날 어떻게 해야 할지 몰라서, 엄마한테 전화를 걸어 면담을 요청하기도 했다. 선생님은 엄마한테 학교에서 해 줄 수 있는 것보다 더 큰 도움이 필요하기 때문에 내가 정신과 상담을 받는 것이 좋겠다고 했다.

"우리 딸은 정신과 상담이 필요 없습니다."

엄마의 말투는 차분하면서도 단호했다.

"얘가 집에서는 문제가 없습니다. 학교에서 말을 하지 않는 것이라면, 특별히 말할 게 없기 때문이겠죠."

호튼 선생님은 아무 말도 못 했다.

그게 2년 전의 일이었다. 지금은 대부분의 사람들이 내가 말을 하지 않는다는 걸 알고 나를 그냥 내버려둔다. 나를 집적거리는 것보다는 그렇게 하는 편이 훨씬 낫다. 나는 '역겨운 피부의 괴상한 계집애'보다는 '말을 하지 않는 괴상한 계집애'로 불리는 게 더 편하다.

사람들은 이런 속사정을 아는지 모르겠지만, 항상 아무 말도 하지 않는 사람이 대개 더 나은 관찰자이며 청취자인 법이다. 예를 들면, 나는 이 학교에서 일어나는 모든 일을 알고 있다. 나는 밀크&허니가 누군지도 알고 있다. 하지만 말하지 않을 것이다. 나는 말을 하지 않는 괴상한 계집애니까.

릴리 엄마에게서 전화가 왔다.

"오늘 릴리 본 적 있니?"

"아뇨."

나는 귀와 어깨 사이에 전화기를 낀 채 손톱을 정리하면서 말했다.

"릴리가 학교에 안 온 걸로 아는데요, 학교에 왔어요?"

"오늘 아침 10시쯤에 학교에서 전화를 받았는데 릴리가 학교에 나오질 않았다는 거야. 내가 직접 릴리를 데려다줬으니까 당연히 학교에 있을 줄 알았지. 릴리가 학교 끝나면 전화하기로 했는데 전화도 없고, 내가 전화해도 신호만 울리더구나. 걱정이 돼서 집으로 와 보니 릴리가 없구나, 헤일리. 가방도 없는 걸 보니 집에 있다가 나간 것 같지도 않아. 걔가 뭘 하고 다니는지 혹시 아는 게 없니?"

"아뇨. 죄송해요. 정말 모르겠네요."

릴리 엄마가 한숨을 쉬었다.

"혹시 너희 사이에 내가 알아야 할 문제라도 있는 거니?"

"그게 무슨 말씀이세요?"

"나도 잘 모르겠구나. 최근 릴리의 행동에 어떤 변화 같은 걸 느끼지 못했니? 요즘 너희, 예전처럼 함께 어울리지 않는 것 같던데. 릴리가 다른 애들하고 어울리니? 혹시 어울리면 안 되는 그런 애들하고 다니는 건 아니니? 릴리를 위험한 상황에 끌어들일 만한 애들 말이야."

나는 볼 안쪽을 깨물었다. 뭐라고 말해야 할지 몰랐다.

"저는 릴리가 요즘 어떻게 지내는지 정말 몰라요, 아줌마."

"정말이니? 혹시 릴리가 곤란해질까 봐 네가 걔를 감싸 주려는 건 아니고?"

"아니에요. 아줌마가 말씀하신 대로 릴리는 요즘 저희랑 많이 어울리지 않는 것뿐이에요."

"왜 그러니? 너희 싸웠니?"

"정확히 말하면…… 싸운 건 아니에요."

릴리가 이제 우리 수준에 맞지 않아서라고 어떻게 말할 수 있단 말인가?

"대답하기 불편한가 보구나."

"뭐…… 네. 조금요."

"그럴 뜻은 없었는데. 그냥 릴리가 어디에 있는지 알고 싶었을 뿐이야."

"네, 뭐라도 알게 되면 알려 드릴게요, 아줌마. 정말이요."

릴리의 엄마는 다시 한숨을 쉬었다.

"그래, 고맙다, 헤일리."

브리아나

정말 당황스러웠다! 릴리의 엄마가 나한테 전화를 하다니. 분명 아줌마는 헤일리에게도 전화를 했겠지만, 헤일리는 나만큼 당황스럽지는 않았을 것이다.

"아줌마가 릴리가 사라졌다고 너한테 전화했니?"

아줌마하고 통화한 다음 바로 헤일리에게 전화를 했다.

"릴리는 사라진 게 아니야. 아줌마는 릴리가 어디에 있는지 모르는 것뿐이라고."

"아줌마가 너한테도 우리 사이에 무슨 문제가 있냐고 물어봤어? 왜 지금은 어울리지 않느냐고 물어봤어?"

"그래, 다 말해 버렸어. 까짓것. 넌 뭐라고 말했니?"

"난 아무 말도 안 했어. 하지만 그 얘긴…… 어떻게 됐어?"

나는 어떻게 말해야 할지 몰랐다.

"어떤 얘기 말이야?"

헤일리가 참지 못하고 되물었다.

"있잖아. 우리 사이트에 대해서 말이야."

"당연히 말하지 않았지. 넌 말했니?"

"아니. 하지만 아줌마가 그 사실을 알게 되면 어쩌지? 릴리가 우리가 만든 사이트 때문에 사라진 거라고 말이야."

아줌마가 그 사실을 알게 된다면, 우리는 곤란한 지경에 빠질 게 분명했다.

"사람들은 그게 우리가 만든 사이트라는 걸 절대 알아낼 수 없어. 우리 이름은 어디에도 없잖아. 게다가 다른 사이트들은 어떠니? '릴리의 레즈비언 일기'도 그렇고 〈트루먼의 진실〉도 그렇고. 우리하고 다를 게 없잖아. 그리고 우린 거기에 아무 짓도 안 했고."

"맞아, 나도 그렇게 생각해."

하지만 그렇다고 해서 마음이 편해지지는 않았다.

제이비

숙제를 하고 있는데 전화벨이 울렸다. 뜻밖에도 릴리의 엄마였다. 아줌마는 내가 오늘 릴리를 본 적이 있는지 궁금해했다.

아줌마가 왜 나한테 그걸 묻는지 알 수 없어서 "글쎄요."라고만 대답했다. 결국 나는 모두 털어놓아야겠다는 생각으로 이렇게 말했다.

"저기요, 아줌마. 릴리하고 저는 지난 2년 동안 딱히 친구로 지내진 않았잖아요……."

"그래, 하지만 친구로 지내진 않았더라도 서로 아는 사이이긴 하잖니. 한동네에 사니 가끔 마주치기도 하고. 난 그냥 네가 오늘 학교에서 릴리를 봤는지 궁금한 것뿐이야. 아니면 학교 끝나고라도 말이야."

"잘 모르겠어요. 못 본 것 같아요."

솔직히 나는 릴리에게 웬만하면 관심을 두지 않으려고 했다.

그런데 아줌마는 한꺼번에 여러 가지 질문을 하기 시작했다. 최근에 릴리에게 이상한 점은 없었는지, 원래 어울리던 애들하고 여전히 잘 지내고 있는지, 새로운 친구가 생겼는지, 학교에 가기 싫어하는 이유에 대해 혹시라도 알고 있는지 등등. 릴리가 왜 학교에 가지 않으려고 하는지 알고 있었기 때문에, 마지막 질문은 난처했다.

아줌마의 목소리에는 걱정이 가득했다. 두려워하는 것도 같았다. 아줌마는 나한테 전화하기 전에 이미 여러 명에게 전화를 건 것 같았다.

학교에서 무슨 일이 벌어지고 있는지 아무도 얘기해 준 사람이 없단 말인가? 아무도 아줌마 딸이 인터넷에서 쓰레기 취급 받고 있다고 얘기해 주지 않았다는 말인가?

"있잖니. 너랑 릴리는 서로 다른 얘기를 하고 있구나."

아줌마의 목소리는 떨리고 있었다.

"아는 게 없다니……."

"잠깐만요!"

나는 아줌마가 전화를 끊기 전에 말했다. 분명 누군가는 무슨 일이 있었는지 아줌마에게 털어놓게 될 테니까.

아무르

"릴리 엄마한테 〈트루먼의 진실〉에 대해 털어놨단 말이야?"

나는 전화기에 대고 소리를 질렀다.

"그럴 수밖에 없었어. 너도 아줌마가 말하는 걸 들었어야 해. 정말 걱정 많이 하시더라. 학교에서 릴리가 애들하고 문제가 있었는지 물으셨단 말이야. 나보고 어떻게 하란 말이니? 다 털어놓은 게 잘한 걸까?"

"그래도 넌 '릴리의 레즈비언 일기'와 '안티 릴리 카페'에 대해선 곧이곧대로 얘기하진 않았을 거 아냐? 〈트루먼의 진실〉 얘기도 다 해 버렸니?"

만약 우리 부모님이, 내가 그 사이트의 운영자이고 애들이 거기서 소문에 대해 떠들어 대며, 차마 입에 담지 못할 말을 올린 걸 알게 되면, 아마 날 가만두지 않을 것이다. 그래서 내가 그 동화를 사이트에서 내린 건데.

"아줌마한테 우리 얘기를 꺼내지 않고서 그런 것들을 얘기할 순 없었어. 아줌마가 우연히 〈트루먼의 진실〉에 대해 알기라도 한다면, 왜 우리가 그 얘길 안 했는지 의심할 거 아냐. 그리고 사실 우리가 그걸 숨겨야 할 이유도 없어. 우리가 릴리에 대한 얘길 올린 건 하나도 없잖아."

"그래, 그럴지도 모르지. 그래서 아줌마가 뭐라고 그러셨어? 혹시 네가 말씀드리는 동안 아줌마가 그 인터넷 사이트에 들어가 보신 건 아닐까?"

"아니, 아줌마는……."

갑자기 제이비는 하던 말을 멈추었다.

"아줌마는 뭐?"

제이비는 아무 대답을 안 했다.

"여보세요? 여보세요?"

제이비는 통화를 하다가 말고 어딜 간 걸까? 전화기 너머에서 시끄러운 소리가 들렸다.

"야! 제이비!"

"응, 여기 있어. 아무르, 밖을 좀 봐. 릴리네 집 앞에 경찰차가 한 무더기 와 있어!"

"뭐? 경찰차라고?"

창문으로 가서 블라인드를 급히 걷어 올렸다. 제이비의 말은 사실이었다. 릴리의 집 쪽 진입로에 두 대의 경찰차가 와 있었고, 건너편 도로에 두 대의 경찰차가 더 서 있었다.

제이비

부모님과 내가 거리를 따라 내려갔을 때, 릴리의 집 앞에는 이미 많은 사람이 모여 있었다. 몇 사람은 경찰관과 얘기를 하고 있었고, 다른 사람들은 릴리 엄마 주변에 모여 있거나 그냥 서서 심각하게 지켜보고 있었다.

아무르가 부모님과 함께 집에서 나왔다. 아무르 아빠는 양복 차림이었고, 엄마는 파란색 히잡을 쓰고 있었다.

"무슨 일이에요?" 아무르 엄마가 물었다.

"저도 잘 모르겠어요. 제이비 말로는 릴리가 행방불명이라던데."

"행방불명이라뇨?"

우리 부모님은 릴리 엄마에게 다가가서 도울 일이 있는지 물었다. 아무르와 나는 모여 있는 사람들 가장자리에서 어찌해야 할지 모른 채 우왕자왕하고 있었다.

한 여자가 우리에게 다가오더니 자신을 형사라고 소개했다.

"너희 둘은 릴리하고 친구니?"

그녀는 작은 수첩을 펼치며 물었다. 아무르와 나는 서로를 쳐다보았다.

"꼭 그렇지는 않은데요. 아는 사이이긴 해요."

"그렇다고 함께 어울리진 않아요." 아무르가 거들었다.

"알겠다. 그럼, 네 이름은 뭐니?"

우리가 이름을 말하자 형사는 쓰던 걸 멈추었다. 그녀는 수첩에서 두어 페이지를 뒤로 넘기더니, 몇 줄을 읽고 나서 눈살을 찌푸리며 고개를 들었다.

"너희가 바로 그 사이트 운영자들이구나."

집 안으로 들어오자마자, 엄마가 말씀하셨다.

"너랑 아무르가 만들었다는 그 사이트 좀 보자."

엄마는 〈트루먼의 진실〉을 만든 나와 아무르 때문에 릴리가 상처를 받은 것 같다고 했다. 좀 전의 형사도 마찬가지였다. 엄마는 우리가 언제 그 사이트를 만들었는지, 왜 만들었는지, 그곳에서 벌어진 일을 알고 있는지, 릴리에 대해 나쁜 글을 하나라도 올렸는지, 글을 올린 사람을 아는지, 아무나 글을 올릴 수 있는 것이 잘한 일인지 등에 대해 물었다.

"그렇게 불량한 사이트는 아니에요."

나는 사이트를 열면서 엄마에게 말했다. 아빠는 릴리를 찾는 사람들과 함께 밖에 있었다. 엄마는 팔짱을 낀 채 사이트가 뜨기를 기다렸다.

"우리 사이트는 릴리를 곤란하게 하려고 만든 게 아니에요. 〈트루먼의 진실〉은 온라인 카페 같은 거예요. 마음속에 있는 생각을 누구든지 쓸 수 있는 그런 공간이란 말이에요."

"'마음속에 있는 생각'이 누군가에게 상처를 줄 수 있어도 말이냐?"

"그거야……."

그건 내 의도가 아니었다.

사이트가 화면에 나타나자 자세히 들여다봤다. 나는 엄마가 화면을 내려 '우리 학교 최고의 왕재수는 누구?'라는 제목과 릴리의 사진, 그리고 모든 댓글을 살피는 걸 지켜보았다. 엄마는 '릴리의 레즈비언 일기'를 클릭해 모든 글을 읽고 나서, 다시 우리 사이트로 돌아와 '안티 릴리 카페'를 클릭했다. 시간이 갈수록 엄마는 점점 더 입을 굳게 다물었다.

글을 모두 읽고 나서, 엄마는 눈을 열 번쯤 깜박였다. 그건 화가 많이 났다는 뜻이다.

"도대체 왜 이런 글을 올리는 게 괜찮다고 생각한 거니?"

"저는 릴리에 대한 글을 하나도 올리지 않았어요. 새 교육 과정처럼 학교 문제에 관한 글만 올렸다고요. 그리고……."

"하지만 넌 다른 애들이 올린 글을 그대로 놔뒀잖아."

"다른 사람이 올린 글을 제 마음대로 할 수는 없어요!"

나는 동의할 수 없다는 듯 혀 차는 소리를 냈다.

"왜 그렇게 못 해, 네 사이트인데? 너랑 아무르가 그렇게 못 하면 누가 그걸 할 수 있니?"

"아무도 할 수 없어요. 그게 바로 제일 중요한 부분이에요. 발언의 자유를 주는 거죠. 우리는 누구의 글도 사전에 검열하지 않을 거라고 처음부터 선언했어요. 그럼 우리더러 어쩌란 말이에요? 우리가 뱉은 말을 주워 담을 수는 없잖아요."

엄마는 고개를 높이 들며 나를 보았다. '너 참 어리석구나, 제이비'라고 말하는 것 같았다.

"저도 애들이 이따위 글을 올릴 줄 몰랐어요. 사실 그런 건 딱히 뉴스라고 할 수도 없기 때문에 저도 그런 글은 올리지 않기를 바랐어요."

"그렇다면 삭제하면 되잖니?"

"그게 그렇게 쉬운 일이 아니……."

"그건 정말 쉬운 일이야, 제이비. 넌 사이트 편집자야. 어떤 글을 보여 줘도 좋은지 결정할 수 있다는 뜻이야."

엄마는 '릴리의 레즈비언 일기'를 가리키며 말했다.

"너는 이 글이 남들에게 알릴 만한 가치가 있는지 정말 깊게 생각해 봤니?"

"거기까지는 생각 못 했어요."

"그렇다면 그걸 지워야지. 네가 그 일을 계속할 거라면, 엄마는 모든 글과 그림, 사진, 투표, 그리고 댓글까지 뭐 하나 다른 사람들에게 상처를 주고 해를 끼치는 것이라면 모두 지우라고 하고 싶다."

"그렇게 되면 남는 게 거의 없을걸요."

"그러면 사이트 전체를 폐쇄해야지."

"뭐라구요?"

나는 항의하듯 벌떡 일어섰다.

"엄마 말 듣거라. 너희가 책임지고 운영할 방법을 찾지 못한다면, 사이트를 폐쇄해야 할 거야."

아무르

다음 날 아침, 우리 집은 쥐 죽은 듯 조용했다. 어젯밤 그 소동이 있고 나서, 나는 엄마에게 〈트루먼의 진실〉 사이트를 보여 드려야 했다. 엄마는 사이트를 보고 나서 정말 크게 화를 내며 당장 사이트를 폐쇄하라고 꾸중했다. 나는 제이비와 상의하지 않고 그렇게 할 수는 없다고 했다.

"그러면 제이비하고 상의해 보거라."

어젯밤에 우리는 얘기를 할 수 없었다. 그래서 아직 우리 사이트는 그대로 돌아가고 있었다.

아침에 일어나 보니 엄마는 주방 싱크대 옆에 서서 차를 마시고 있었다. 엄마가 시리얼을 한 그릇 부어 주었지만 먹고 싶지 않았다.

아빠는 아직 위층에서 출근 준비를 하고 있었다. 아빠를 비롯한 동네 사람들이 늦은 밤까지 릴리를 찾으러 다녔지만 결국 릴리를 찾지 못했다.

나는 배가 뒤틀리는 듯 아팠다. 아침을 먹을 수 없어서 시리얼을 싱크대에 내려놓았다.

"그냥 갈래요."

"제이비하고는 얘기해 봤니?"

막 문을 나가려는데 엄마가 물었다.

"아뇨. 아직요."

"오늘은 말이다, 아무르. 제이비에게 말해서 사이트를 폐쇄하도록 해라."

"알았어요."

나는 제이비 엄마도 우리 사이트를 보고 놀라셨다는 걸 알고 있었다. 하지만 제이비 가족은 우리 집처럼 엄격하진 않다. 왠지 제이비의 부모님은 제이비한테 사이트를 폐쇄하라고 말하지 않았을 것 같다. 우리 엄마가 나더러 사이트를 폐쇄하라고 했다고 어떻게 전할까.

시간이 필요했다. 말을 꺼내기에 적당한 방법을 찾을 시간이 필요했다. 그래서 나는 학교 가는 길에 제이비를 부르지 않기로 했다. 나는 릴리의 집을 지나서 다른 길로 돌아갔다.

릴리의 집 앞에는 아직도 경찰차 한 대가 서 있었다. 나는 이 차가 어젯밤에 서 있던 차인지, 아니면 오늘 아침에 새로 출동한 차인지 궁금했다. 진입로에는 내가 미처 발견하지 못했던 다른 차도 서 있었다.

릴리의 집 현관문이 열리면서 릴리 엄마가 경찰관 한 명과 어디서 본 듯한 남자와 함께 밖으로 나왔다. 처음에는 그가 누구인지 몰랐다. 키가 크고 호리호리하며, 옷을 입은 모양새를 보니 돈을 많이 버는 회사에서 일하는 듯했다. 그들은 뭔가 열심히 얘기하느라 내가 그들 앞을 지나가는 것도 전혀 알지 못했다. 두 집을 더 지나서 뭔가가 문득 떠올랐다. 그 남자가 누군지 생각났다. 바로 릴리의 아빠였다.

제이비

그날 아무르는 학교 가는 길에 나를 불러 같이 가는 걸 잊어버렸다. 나도 우리 사이트에 대해 생각이 많아져서 그만 시간을 놓치고 말았다. 할 수 없이 학교까지 계속 뛰어야 했다. 그래도 늦지는 않았다. 학교에 도착했더니 30초쯤 시간이 남았다.

엄마는 〈트루먼의 진실〉을 책임감 있게 운영할 방법을 찾지 못하면 사이트를 폐쇄해야 한다고 얘기했다. 나는 아직도 '책임감 있게 운영'하는 게 뭘 의미하는지 잘 모르겠다. 엄마는 정말로 내가 사이트의 모든 댓글을 하나하나 살피고, 그것들을 그대로 놔둘지 아니면 삭제할지 결정하기를 바라시는 걸까? 어떻게 내가 무엇이 괜찮고 무엇이 나쁜지 결정할 수 있단 말인가? 어디에다 기준을 두란 말인지?

많은 사람이 릴리가 행방불명된 줄로 알고 있었다. 나는 사람들이 어디서 그런 소식을 들었는지 모르겠다. 나는 그 얘기를 사이트에 올린 적이 없으니까. 하지만 그날 아침, 릴리가 지금 어디에 있는지, 정말 릴리가 스스로 사라진 건지, 또는 릴리에게 불행한 일이 생겼는지에 대해 얘기하고 있었다. 어쩌면 릴리에게 정말 안 좋은 일이 생겼을지도 모른다는 생각이 들었다.

그렇다 해도 한 가지 질문에 대해서는 아무도 묻지 않았다. 그건 릴리가 사라져 버린 가장 큰 이유가 무엇인가 하는 것이다. 혹시라도 릴리가 사라진 게 우리의 잘못이라고 생각하는 사람이 있을까? 릴리에 대해서 인터넷에 나쁜 글을 올린 애들 모두, 또는 그걸 읽은 애들, 그리고 아무것도 하지 않았던 애들 모두 통틀어서 말이다. 혹시 내가 〈트루먼의 진실〉 운영자라는 이유로 그게 내 책임이라고 할 수 있을까? 원하는 건 뭐든 올려도 좋다고 말한 사람이라는 이유로.

익명

사건이 이렇게까지 커질 줄은 몰랐다. 나는 사람들이 이렇게까지 관심을 가질 거라곤 생각하지 못했다. 또 릴리가 사라질 것이라고도 결코 예상하지 못했다.

헤일리

수업이 모두 끝났다. 릴리 클라크는 어젯밤에 집에 들어오지 않았다. 다음 날 아침 많은 사람이 우리에게 와서 릴리가 어디에 있는지, 릴리에게 무슨 일이 생긴 건지 물었다. 하지만 우리가 그걸 어떻게 알겠나? 그 애하고 어울리지도 않았는데.

"그래서 뭐가 문젠데? 릴리가 진짜 없어진 거야?"

점심시간에 모건이 물었다.

"'안티 릴리 카페' 때문에 걔가 없어진 거냐고?"

카일리가 걱정하는 듯 물었다.

"정말 그랬다면, 걔는 상처를 받은 게 틀림없어."

나는 요구르트 뚜껑을 열면서 말했다.

"그게 무슨 뜻이야?"

"그러니까 사이트 때문에 없어진 게 맞다면 분명 마음이 편치 않을 거란 말이지."

브리아나와 캐시도 내 말에 동의했다.

솔직히 나는 릴리가 지나친 관심을 받고 있다고 생각했다. 그 애는 어쩌면 모든 사람이 자기에 대해 걱정하고 있다는 사실을 즐기고 있을지도 모른다. 지금 릴리가 어디에 있든, 잘 있을 거라는 확신이 들었다.

제이비

릴리는 자기 혼자 어딘가로 떠날 성격이 아니다. 나는 그 애가 집 밖에서 상자 속에 들어가 부랑자처럼 잠자고 있는 모습이 그려지지 않았다. 그 애가 아무 버스나 올라타고 아무도 모르는 곳으로 떠나는 모습도 상상이 되지 않았다.

그렇다면 릴리는 어디에 있는 걸까?

"안녕, 제이비."

아무르가 말을 거는 바람에 나는 생각하던 걸 멈추었다.

"얘기 좀 하자."

"좋아."

"엄마가 그러시는데, 우리가 〈트루먼의 진실〉 사이트를 폐쇄해야 한다고 하셔."

아무르가 중얼거리듯 말했다.

"우리 엄마도 똑같은 말씀을 하셨어."

"정말 그러셨어?"

"그게 말이지, 우리가 사이트에 있는 나쁜 글을 모두 삭제하지 않으면 사이트를 폐쇄해야 한다고 하셨어."

"뭐?"

옆자리에 앉아 있던 트레버가 버럭 소리쳤다.

"〈트루먼의 진실〉을 닫으면 안 돼!"

"왜 안 되는데?"

우리가 사이트를 폐쇄하든 말든 자기가 무슨 상관인지 모르겠다.

"그건 진짜, 사실이기 때문이야. 거긴 학교의 모든 학생이 하고 싶은 말을 할 수 있는 유일한 공간이라고."

"그게 바로 내가 원하는 거였어. 하지만 모든 일이 기대했던 것처럼 되진 않더라고. 하고 싶은 말은 무엇이든 해도 좋다고 했더니, 누구는 안 좋은 소리를 하더라니까."

"참 나." 트레버가 어이없다는 표정을 지으며 말했다. "여긴 중학교라고. 난 그래도 너희가 계속 사이트를 운영해야 한다고 생각해."

"뭣 때문에?"

"진실을 말할 수 있기 때문이지. 지랄 같은 우리 학교의 진실 말이야!"

맞아, 그랬지. 가끔은 그랬다.

그게 바로 내가 처음에 〈트루먼의 진실〉을 만들기로 한 이유였다. 나는 누구에게나 말할 권리를 주고 싶었다. 심지어 우리 학교를 지랄 같다고 생각하는 사람들에게까지.

어느 누구에게도 상처 주지 않고, 진정으로 모든 사람을 위한 신문이나 사이트를 만드는 일이 과연 가능한 걸까?

브리아나

그날은 수학 시험이 있었다. 아는 문제는 모두 답을 적었기 때문에 계속 시계를 쳐다보았다. 시험이 끝나려면 아직 15분이나 남아 있었다.

그때 우웅! 우웅! 위섹 선생님 휴대폰이 진동을 했다. 많은 애들이 윗몸을 일으키며 선생님이 전화받는 걸 쳐다보았다.

"여보세요? 네?"

선생님이 나를 힐끗 보기에 나는 재빨리 몸을 숙이고 시험지를 보았다.

"지금 당장 보내겠습니다."

말이 끝나기 무섭게 선생님이 전화를 끊었다.

"브리아나!"

"네?"

"교장실로 가 보거라."

배 아래쪽을 찌르는 듯한 느낌이 들며 겁이 났다.

"왜요?"

교장 선생님이 왜 나를 부르는 걸까?

"그거야 가 보면 알겠지."

콩닥콩닥 뛰는 가슴을 진정시키기가 어려웠다. 문 쪽을 향해 걸어가는데 선생님이 한마디를 덧붙였다.

"소지품 챙겨 가거라."

이 말을 들으니 더 두려워졌다.

"이번 시간 끝나기 전에 돌아올 수 있을 것 같지가 않구나."

책상으로 돌아가 소지품을 챙기는 내게 카일리가 소리 내지 않고 입 모양으로만 말했다.

"교장실엔 왜 가는 거야?"

나도 이유를 몰랐다. 절반쯤 채운 답안지를 선생님에게 제출하고, 교장실로 내려갔다. 교장실 문을 열고 천천히 들어가자마자 입구에서 몸이 얼어붙는 것 같았다. 부모님이 와 계셨다! 엄마, 아빠, 그리고 오빠까지. 세 사람 모두 교장 선생님과 함께 테이블에 모여 앉아 있었고, 경찰관 두 명이 옆에 있었다.

도대체 무슨 일이지?

교장 선생님은 나를 보자 일어났다.

"자리에 앉거라, 브리아나."

나는 숨을 들이쉬며 자리에 앉았다. 모두 나를 쳐다보고 있었다.

교장 선생님 앞에는 노트북 한 대가 놓여 있었다. 그는 내가 화면을 볼 수 있도록 노트북 방향을 돌렸다.

"어디서 많이 본 것 같지 않니, 브리아나?"

'안티 릴리 카페'가 보였다.

나는 다시 한번 숨을 들이쉬었지만, 아무 말도 나오지 않았다. 심장이 심하게 요동치고 있었다.

"네가 이걸 만들었니, 브리아나?"

엄마가 물으셨다.

"그런 거니?"

내가 대답을 하지 않자, 엄마는 다시 물으셨다.

내가 만들었다. 하지만 나 혼자 한 게 아니었다. 헤일리, 캐시, 카일리, 모건이 함께 도와주었다. 사실 그 애들이 한 게 내가 한 것보다 많을 것이다. 하지만 여기서 그렇게 말할 수는 없었다. 경찰관 앞에서 말이다.

"IP 주소를 추적했더니 너희 집이었어, 브리아나."

키가 크고 호리호리한 경찰관이 설명했다.

"집에서 이 사이트를 만드는 걸 거든 사람이 또 누구지?"

나는 의자에 털썩 주저앉았다.

'오, 세상에. 이제 큰일 났다!'

헤일리

브리아나가 수학 시험 시간에 교장실로 불려 갔다고 카일리가 말해 줬다.

"무슨 일이래?" 내가 물었다.

카일리도 이유를 몰랐다. 그래서 우리는 교장실을 지나쳐 교실로 들어갔다. 교장실에 브리아나는 보이지 않았지만, 다른 장면을 목격할 수 있었다. 학교 앞에 경찰차 한 대가 서 있었다.

"무슨 일로 경찰차가 우리 학교에 온 걸까?" 캐시가 물었다.

"잘 모르겠는데."

기분이 좋지 않았다. 학교에는 경찰차가 와 있었고 브리아나는 교장실로 불려 가다니. 두 가지 일이 서로 연관이 있는 걸까?

모건이 내 팔을 잡으며 큰 소리로 말했다.

"저 사람들이 '안티 릴리 카페'를 알고 있는 건 아닐까?"

"쉿!"

나는 경찰관 쪽으로 고갯짓하며 모건을 노려보았다. 교장실에는 행정 담당인 화이트 선생님 혼자 있었지만, 우리가 하는 말을 들은 것 같지는 않았다. 화이트 선생님은 컴퓨터로 뭔가 열심히 타이핑을 하고 있었다.

"저 사람들이 그 카페를 알아도, 우리 중 누군가가 털어놓지 않는 이상 우리가 관련되어 있다는 걸 알아낼 방법이 없어."

"어쨌든 나는 아무에게도 말하지 않았어."

"나도 말하지 않았어."

내 말에 모건과 캐시가 자기들은 결백하다면서 차례로 말했다.

"우리가 만든 사이트를 거꾸로 추적하면 알 수 있을지도 몰라."

카일리가 나를 쳐다보지 않은 채로 말했다.

"그럴지도 모르지. 그건 그렇고 학교에서는 뭣 때문에 경찰을 불렀을까?"

분명 누군가를 증오하는 것은 나쁜 짓이지만, 그게 정말 범죄일까? 도대체 무슨 이유일까?

"우리 모두가 그걸 만들었다고 브리아나가 얘기했으면 어쩌지?"

"말하지 않았을 거야."

캐시의 물음에 난 일부러 단호한 투로 말했다.

우리 모임이 배신자를 싫어하는 걸 브리아나도 알고 있었다. 하지만 브리아나는 마음이 약하다. 그래서 나는 그 애의 한계가 어디까지일지 확신할 수 없었다.

"너랑 같이 어울리는 애들이 이 사이트와 전혀 관련이 없다는

게 확실하니?"

엄마가 물었다.

"그래요…… 제가 그냥 혼자 장난친 거였어요."

나는 우물거리며 말했다.

친구들한테 배신자 소리를 듣긴 싫었다. 하지만 이 일로 곤란한 지경에 빠지는 사람이 나 혼자뿐이라는 사실은 좀 불공평해 보였다.

"그렇다면 '밀크&허니'는 한사람이라는 얘기군."

경찰관이 말했다. 뭐라고? 잠깐만.

"제가 밀크&허니였다는 말은 한 적이 없는데요."

두 명의 경찰관은 어리둥절해하는 것 같았다.

"방금 네가 '안티 릴리 카페'를 만들었다고 인정했잖아."

"네, 하지만 제가 밀크&허니란 뜻은 아니에요. 제가 밀크&허니는 아니라고요!"

교장 선생님은 노트북으로 뭔가 타이핑하더니 컴퓨터를 돌려 나에게 보여 주었다. 〈트루먼의 진실〉 화면이 보였다.

"이 사이트에는 '안티 릴리 카페'로 연결되는 링크가 있단다. 그런데 그 링크는 밀크&허니가 올린 거고."

"저는, 그러니까, 음…… 밀크&허니를 빌린 것뿐이에요. 저는 밀크&허니가 아니라고요."

불충분한 대답이었다. 하지만 그건 사실이다. 밀크&허니는 릴리에 관한 모든 글을 올린 사람이었기 때문에, 우리는 '안티 릴리 카페'로 연결되는 링크를 그의 이름으로 올리기로 했던 것이다. 그건 헤일리의 아이디어였다. 헤일리는 그렇게 하면 아무도 그게 우리가 만든 사이트라는 걸 모를 거라고 했다.

"그럼 그 이름을 빌려준 사람이 누구지?"

경찰관이 물었다.

"그건…… 릴리에 대한 모든 글을 쓴 다른 사람이죠. 근데 말예요. 추적을 해서 우리 집인 걸 알았다면서 밀크&허니의 다른 글은 추적할 수 없었나요?"

나는 계속 그 생각만 하고 있었다!

"그랬다면 제가 밀크&허니가 아니란 걸 아실 거 아녜요?"

그들은 이미 밀크&허니의 다른 글을 추적했다고 한다. 그 결과 학교의 종합정보실 컴퓨터였다. 경찰은 접속한 날짜와 시간을 확보해 놓고 있었다. 시간은 모두 방과 후였다.

"콘웨이 선생님께서 방과 후에 누가 종합정보실에 왔는지 명단을 주셨어. 네 이름이 명단에 있었어, 브리아나."

나는 의자에 털썩 주저앉았다. 내 이름이 거기에 있는 건 당연하다. 헤일리, 릴리와 함께 방과 후에 종합정보실에서 치어리더 관련 정보를 찾았으니까.

"다…… 다른 사이트들은 어떤데요?"

나는 다급하게 물었다.

"'릴리의 레즈비언 일기'나 〈트루먼의 진실〉을 만든 사람이 누구인지는 알아냈나요? 혹시 그들이 밀크&허니가 아닌가요?"

"〈트루먼의 진실〉을 만든 학생들하고 벌써 얘기를 해 봤단다. 그런데 그 애들이 '릴리의 레즈비언 일기'를 만들었을 가능성은 찾지 못했어. 대신에 거꾸로 추적해 보니 학교 컴퓨터였어."

그들은 모두 나를 쳐다보며 내가 무슨 말이라도 하길 기다리는 것 같았다. 내가 무슨 말을 하길 바라는 건지……. 그들은 '릴리의 레즈비언 일기'도 내가 만들었다고 생각하고 있었다.

익명

나는 그 이상을 기대했다. 학교에서 뭔가 더 큰 사건이 일어나길 말이다. 만약 그들이 상황이 어떻게 돌아가는지 알아냈다면 릴리에 대한 글을 인터넷에 한 줄이라도 남긴 사람을 모두 잡아들인 다음, 변호사를 부르고, 온라인 폭력은 물론 학폭 문제를 논의할 전체 회의를 소집하길 기대했다. 하지만 그런 일은 일어나지 않았다.

브리아나가 교장실로 불려 갔을 때, 다음 차례는 분명히 나일 거라고 생각했다. 브리아나에 대해 알았다면 나에 대해서도 알았을 테니까. 그런데 그들은 나를 부르지 않았다.

그날 하루가 다 가기 전에, 모든 사람이 브리아나가 밀크&허니라는 이름으로 인터넷에 릴리를 공격하는 글을 쓰고 '안티 릴리 카페'와 '릴리의 레즈비언 일기'를 만들었다는 죄목으로 정학당할 거라고 생각했다. 애들은 릴리를 공격한 다른 글에도 브리아나의 책임이 있다고 생각했다.

하지만 사람들의 생각은 확실히 틀렸다.

제이비

그렇게 브리아나는 정학을 당했다. 내 생각대로 밀크&허니는 인싸 중 한 명이었다. 하지만 밀크&허니가 잡혔다고 해서 모든 사건이 해결된 것은 아니었다. 내게는 우리가 만든 사이트를 어떻게 할지 결정할 일이 남아 있었다.

"책임감 있게 운영할 방법을 찾지 못하면 사이트 전체를 폐쇄해야 할 거다."

엄마는 내가 둘 중 하나를 선택하기 전까지 외출 금지를 명했다. 릴리는 아직도 행방이 묘연했다.

그렇다고 해서 모든 일이 감당할 수 없을 정도라는 얘기는 아니다. 나는 그저 다른 대안이 될 신문을 만들고 싶었다. 중학교 생활에 대해 뭔가 의미 있고 활기찬 기사를 싣고 싶었을 뿐이다. 나는 뭔가 중요한 문제를 알리고 싶었다.

하지만 진짜 학교 문제를 다루고자 했던 〈트루먼의 진실〉은 나와 아무르 말고는 누구에게도 중요치 않았다. 애들이 〈트루먼의 진실〉에 접속해 글을 읽는 것은 그저 누가 누구에 대해 어떤 말을 하는지 알고 싶어서였을 뿐이다. 그건 내가 전혀 예상치 못한 일이었다.

결국 사이트 전체를 폐쇄했다. 나는 모든 내용을 글 한 줄로 대신했다. 그렇게 해서 〈트루먼의 진실〉 첫 페이지에 이런 글을 띄워 놓았다.

사람들은 누구나 비열해질 수 있습니다.

아무르

그날 저녁엔 숙제에 집중할 수 없었다. 아빠는 퇴근하고 와서 사람들과 함께 다시 릴리를 찾으러 갔다. 아마 사람들은 하루 종일 릴리를 찾았던 것 같다.

릴리는 어디로 간 걸까? 숲속 어딘가에서 헤매고 있을 것 같지는 않았다. 길바닥에서 잠을 잤을 것 같지도 않았다. 릴리는 그런 데서 잠을 자거나 하는 성격이 아니니까.

혹시 대형 마트 같은 데 숨어 있는 건 아닐까? 예전에 대형 마트에 사는 사람 얘기를 신문에서 본 적이 있다. 하지만 릴리가 그랬다면, 누군가 그 애를 알아보지 않았을까? 우리 마을은 그다지 크지 않으니까.

아니면 이곳을 떠나기 위해서 히치하이킹 같은 어리석은 짓을 하지는 않았겠지? 설마 릴리가 제정신 아닌 놈의 차를 타기라도 했다면…… 아냐, 히치하이킹을 하지는 않았을 거야.

나는 생각을 고쳐먹었다. 분명 근처 어딘가에 숨어 있을 거야. 아무에게도 들키지 않을 그런 곳.

나라면 잠시 동안이라도 사람들을 피해 숨고 싶을 때 어디로 갔을까? 아마 옛날에 놀던 숲속의 오래된 나무 집이겠지. 하지만 릴리는 그 나무 집을 좋아하지 않았다. 우리가 중학생이나 되었는데도 그 속에서 논다고 나와 제이비를 놀리곤 했다.

생각하면 할수록 확실한 게 없었다. 그러다가 다시 나무 집이 생각났다. 설마…… 정말 거기에 있는 건 아닐까? 혹시 누가 거길 가 보기나 했을까?

제이비

그날 밤, 막 잠자리에 들려고 하는데 아무르한테서 전화가 왔다. 아무르는 혹시 릴리가 우리랑 놀던 오래된 나무 집에 있는 게 아니냐고 말했다.

"에이, 그럴 리 없어."

릴리는 아무르와 나랑 달리 그 나무 집을 좋아한 적이 없었다. 우리가 친구로 지낼 때조차도.

"그래, 어쩌면 네 말이 맞을지도 몰라."

아무르가 말했다.

하지만 정말 릴리가 거기에 있으면 어쩌지? 모든 사람이 릴리를 찾고 있는데…… 정말 그렇게 가까운 곳에 있다면?

"제이비, 그럼 내일 보자."

"잠깐만! 우리가 거기 가서 확인해 볼까?"

"우리 둘이서만?"

"응. 그리 오래 걸리진 않을 거야. 어쨌든 걔는 거기 없을 테니까."

"좋아. 10분 뒤 너희 집 뒷마당에서 만나자."

나는 잠옷 바지 위에 운동복을 대강 입고 회색 외투를 집어 들었다.

"잠깐 밖에 나가서 아무르하고 얘기 좀 하고 올게요."

거실을 지나면서 엄마에게 말했다. 엄마는 십자수를 놓다 말고 고개를 들어 나를 쳐다보았다.

"지금? 꽤 늦었는데. 제이비, 통화하면 안 되니?"

"안 돼요. 벌써 이리 오는 길이라고요. 오래 걸리지 않을 거예요. 금방 올게요."

나는 다용도실에서 손전등을 집어 들고 뒷문을 통해 밖으로 나왔다. 아무르는 이미 내가 어릴 적에 놀던 그네 옆에서 기다리고 있었다. 조금 긴장한 듯 보였다.

"준비됐어?"

아무르가 손전등을 켜면서 물었다.

"그래."

우리는 집 뒤쪽의 깜깜한 숲속으로 들어갔다. 숲은 온통 덤불과 나무로 뒤덮여 있어서 우리는 일렬로 걸어야 했다. 나뭇잎과 가지가 발밑에서 바스락거렸다. 손전등을 비추어도 앞이 보이지 않았다.

개울 위에 놓인, 금방이라도 무너질 듯한 작은 다리에 도착하자 나는 걸음을 멈췄다.

"왜, 무슨 문제라도 있어?"

아무르가 물었다. 나는 아래쪽으로 손전등을 비췄다.

"우린 더 이상 어린애가 아니잖아. 건너는 동안 이 다리가 괜찮을까?"

"한 명씩 건너면 괜찮을 거야."

아무르가 먼저 서둘러 다리를 건넜다. 아무렇지도 않았다. 반대편에 도착하자 아무르는 몸을 돌려 손전등을 내 발 앞에 비췄다.

"네 차례야."

조심스럽게 한 발짝…… 두 발짝…… 세 발짝…… 네 발짝, 뒤꿈치를 들고 다리를 건너 아무르 옆으로 갔다. 숲속은 개울의 폭보다 좁아서 우리는 옆으로 걸어야 했다.

갑자기 아무르가 멈췄다. 손전등을 끄면서 내게도 손전등을 끄라고 말했다.

"뭔데? 왜 그래?"

"끄기나 해."

아무르는 내 손에서 손전등을 빼앗아 직접 스위치를 껐다. 이제 칠흑 같은 어둠뿐이었다. 나는 아무르가 꼼짝도 안 하고 내 옆에 서 있는 걸 느낄 수 있었다.

"뭐냐니까?"

"빛이 보였어."

아무르가 낮은 목소리로 말했다.

"어디서?"

나는 눈을 크게 떠 봤지만, 이런 곳에서 손전등도 없이 어떻게 볼 수 있는지 도무지 이해가 안 갔다.

"저 앞에, 나무 집 근처에서."

아무르의 팔을 붙잡고 천천히 나무들을 헤치고 들어갔다. 나는 나무 집이 숲 가장자리의 오래된 참나무 위에 있다는 걸 알고 있었다. 정말로 나무 집이 커다란 가지들 속에서 서서히 보이기 시작했다. 나무 집은 문과 창문, 그리고 지붕까지 갖추고 있었다. 누가 그걸 지었는지는 모르지만, 아마 예전에 우리 동네에 살던 사람이 지었을 것이다.

아무르, 릴리, 나 이렇게 셋은 어렸을 적에 저 나무 집에서 함께 놀았다. 하지만 그건 최소한 2년 전의 일이다. 어둠 속에서 바로 그 나무를 찾을 수 있을까. 하지만 아무르는 정확하게 위치를 알고 있었다. 아무르가 숲속에 난 길을 따라 빽빽한 덤불을 헤치며 서서히 나아갔고, 나는 그 뒤를 따랐다.

숲 가장자리에 이르렀을 때, 반달 모양의 불빛이 우리 앞쪽 풀밭을 비추고 있었다. 아무르는 오른쪽으로 방향을 바꿔 가장자리를 따라 조금 멀리 걸었다.

"여기야."

세상에, 이렇게 어두운데도 찾아낼 수 있다니. 깜깜한 어둠 속에서 나는 위를 올려다보았다.

"아무르, 근데 정말 릴리가 저 위에 있을까?"

"가서 보면 알겠지."

아무르는 손전등을 겨드랑이에 끼우고 나무 밑동에 발을 올리더니 기어오르기 시작했다.

아무르

릴리가 나무 집 안에 있기를 바랐다. 내가 집에서 슬며시 빠져나와 깜깜한 숲속을 여자애와 어슬렁거린 사실을 엄마가 알면, 설령 그 여자애가 제이비라 할지라도, 기분이 별로 좋지 않을 것이다. 제이비와 내가 정말로 릴리를 찾아내지 못했다면 말이다.

나는 나무 위로 올라가 손전등을 옆구리에 꼭 끼고 문을 향해 기어갔다. 손잡이를 잡고 돌렸지만 전혀 움직이지 않았다.

"문이 잠긴 것 같아."

"기억 안 나?"

제이비가 조심스럽게 내 쪽으로 움직이면서 말했다.

"손잡이는 고정되어 있잖아. 돌리면서 잡아당겨야지."

제이비가 내 옆으로 오더니 문을 열었다. 우리는 안으로 기어 들어 가서 동시에 손전등을 켰다.

"아야!"

뭔가 딱딱한 게 내 이마를 세게 때렸다. 나는 손전등을 떨어뜨렸고, 내 이마를 때렸던 것은 바닥 위로 굴러갔다.

"헉, 세상에!"

제이비가 멍한 표정으로 말했다.

"너, 정말 여기 있었구나!"

나는 이마를 문질렀고, 제이비는 구석에 웅크리고 있는 여자애를 향해 손전등을 비췄다. 그 여자애는 청바지에 찢어진 블라우스를 입고, 부스럼투성이 얼굴에 머리카락이 뒤엉켜 있었다. 내가 아는 릴리의 모습은 어디에도 없었다. 릴리는 울고 있었다. 그것도 목 놓아서 말이다.

릴리는 몸을 좀 더 움츠린 채, 팔로 불빛을 막았다.

"나가!"

내 옆으로 뭐가 휙 하고 날아가는 게 느껴지더니, 쿵 소리를 내며 벽을 쳤다. 내가 손전등을 손에 들고 뒤쪽을 비추는 사이 다시 뭔가가 나를 때렸다. 진흙 범벅이 된 운동화 한 짝이었다. 다른 한 짝은 내 옆으로 떨어졌다.

"너희는 여기 올 자격이 없어!"

릴리는 불빛 속에서 눈을 가늘게 뜨고 고함을 질렀다.

"여기 올 자격이 없다니, 그게 무슨 뜻이야?"

제이비가 맞받아쳤다. 여전히 제이비의 손전등은 릴리의 얼굴을 비추고 있었다.

"이곳은 너만의 나무 집이 아니야. 우리가 너보다 훨씬 많은 시간을 여기서 보낸 걸로 아는데."

릴리는 얼굴을 일그러뜨리더니 다시 울기 시작했다. 정말로 통곡이라도 하듯이. 여태껏 이렇게 우는 사람은 본 적이 없었다.

제이비가 내게 어떻게 좀 해 보라고 했지만, 나도 어떻게 해야 할지 몰랐다. 그래서 다시 제이비더러 어떻게 좀 해 보라고 말했다. 하지만 제이비 역시 어쩔 줄을 몰라 했다. 우리는 릴리가 실컷 울기를 기다리며 앉아 있었다.

릴리

그 많은 사람 중에서 왜 하필이면 제이비랑 아무르가 나를 찾아 여기까지 왔을까? 무슨 생각으로 여기 나무 집까지 왔을까?

여기 왔을 때 거미나 벌레가 많았기 때문에 오랫동안 아무도 찾지 않았을 거라 생각했다. 갈 곳 없는 내게는 완벽한 은신처였다.

어제 내가 사라진 걸 엄마가 알아채기 전에 여기 오려고 준비를 서둘렀다. 학교를 빠져나와 집으로 가서 침낭, 베개, 손전등, 여분의 옷, 먹을 것, 물, 퍼즐 책 등 필요한 물건을 챙겼다. 그것들을 나무 집으로 옮기느라 다섯 번이나 발을 삐끗했지만 내 의지는 확고했다.

어젯밤에 두 사람이 이곳에 올라왔다. 내 생각에 그들 중 한 명은 제이비 아빠가 아니었나 싶다. 하지만 그들은 문을 열지 못했다. 그들이 안으로 손전등을 비췄을 때, 나는 창문 아래에 몸을 웅크린 채 꼼짝도 않고 앉아 있었다. 결국 그들은 나를 발견하지 못하고 떠났다.

그때 '바로 이거야'라고 생각했다. 이대로라면 영원히 머무를 수 있을 것만 같았다. 사람들이 나를 찾기 위해 이곳엔 다시 오지 않을 테니까.

한 가지 문제가 있다면, 엄마가 집에 있기 때문에 다른 물건을 챙기러 갈 수 없다는 것이었다. 그래서 먹을 것과 물이 점점 다

떨어지자 앞으로 얼마나 더 버틸 수 있을지 고민이 되었다.

시간이 좀 흐른 뒤에 제이비가 말했다.

“모두 너를 찾고 있어.”

“그래서?” 나는 콧방귀를 뀌었다.

“어쨌든 오랫동안 집을 나갔었잖아. 이제 내려가자.” 아무르가 말했다.

“절대로 내려가지 않을 거야.”

“여기에 평생 있을 수는 없어.” 제이비가 다그쳤다.

“안 될 게 뭐 있어?” 나는 제이비를 노려보았다.

“먹을 게 충분하지 않잖아.” 제이비가 말했다.

제이비는 먹을 것이 얼마나 남아 있는지 확인하는 것이 마치 제 일이라도 되는 듯, 식료품 봉투 안에 손전등을 비췄다.

“게다가 여긴 화장실도 없어. 그리고…… 어쨌든 우리도 여기 마냥 있을 순 없어. 돌아가면 네가 여기 있다고 사람들한테 말할 거야.”

“그랬담 봐!”

“아니, 말할 거야.”

그들은 떠날 생각을 하지 않았고, 나도 역시 움직이지 않았다. 우리는 몇 분 동안이나 그저 잠자코 앉아 있었다.

그때 느닷없이 아무르가 말했다.

“브리아나가 정학당했어.”

“그래? 어떻게 된 건데?”

처음 듣는 소식이었다.

"인터넷에 너에 대해 온갖 못된 글을 올린 사람이었기 때문이지. 걔가 바로 밀크&허니였어."

희한한 일이다. 나도 브리아나가 밀크&허니일 거라고 생각했다. 하지만 하루하고도 반나절을 여기서 보내면서 많은 생각을 했다. 나는 머리를 가로저었다.

"브리아나는 아닐 거야."

"아냐, 걔가 맞아. 경찰이 IP 주소를 추적해 봤는데 걔네 집이었대." 제이비가 말했다.

별로 믿기지 않았다.

"누군가 일을 꾸며서 걔가 밀크&허니처럼 보이게 만들었을 거야."

"누가 그렇게 했겠어?" 제이비가 물었다.

"혹시…… 너희 둘 아냐?"

밀크&허니는 제이비와 아무르여야 했다. 그럴 만한 사람은 아무도 없었다.

제이비는 크게 한숨을 내쉬었다.

"내가 수천 번은 말했을걸. 아무르하고 난 절대 밀크&허니가 아니라고!"

"어쨌든 브리아나는 아냐. 걔가 그 끔찍한 사진을 가지고 있을 리 없어."

"그건 졸업 앨범에 다 있는 거야. 후버 초등학교 졸업생 중 아무한테나 한 장 얻으면 되는 거라구."

"음…… 그래? 그걸 3년 동안이나 간직하고 있는 사람이라면 말이지."

초등학교 졸업 앨범을 그렇게 오래 보관하고 있을 사람이 과연 몇이나 될까? 제이비라면 그럴 만했다. 제이비는 온갖 걸 간직하니까 말이다.

"내 친구 중에는 내가 뚱뚱했다는 걸 아는 사람이 없단 말이야. 걔들은 사진 속의 내가 누군지 몰랐다고. 너희가 그걸 말하기 전까지는."

제이비는 말도 안 된다는 듯이 입을 벌렸지만, 나는 제이비에게 대놓고 말했다.

"후버 초등학교 졸업생 중 하나겠지. 졸업생들 중 너희만큼 나를 싫어한 사람은 없어. 그러니까 밀크&허니는 너희가 분명하다고!"

"내 말 좀 믿어, 릴리. 제이비하고 나는 밀크&허니가 아니야. 어쨌든 네 생각에 브리아나도 아니라고 하니까, 그게 누군지 함께 알아보자."

아무르가 태도를 바꿨다.

"지금까지 우리가 알아낸 게 있어. 밀크&허니는 분명 너를 싫어하는 애이거나, 무슨 이유인지는 몰라도 너한데 원한을 품은 사람일 거야. 그건 후버 같은 졸업생일 수도 있지만, 꼭 그런 건 아닐……."

나에게 그 말은 제이비와 아무르가 범인이라고 들렸다.

"밀크&허니는 비겁한 놈이야. 우리도 그걸 알아."

제이비가 말했다.

"지금 너희 자신한테 비겁한 놈이라고 하는 거야? 너희 진짜 대단하구나." 나는 눈썹을 치켜올렸다.

"온라인에서 이름을 밝히지 않고 인신공격을 하는 녀석은 누구든 비겁한 놈이라는 거지."

"컴퓨터에 대해 뭔가 아는 녀석인 게 틀림없어. 앨범 안에 있는 사진을 스캔하고 직접 올렸잖아. 익명으로 보내는 방법을 알고 가짜 메일 주소도 만들었어. 웹 페이지를 꾸미는 방법도 알아. '안티 릴리 카페'는 꽤 조잡해 보이지만, '릴리의 레즈비언 일기'엔 영상까지 있었어. 그걸 만들면서 뭘 할지 확실히 알았다는 얘기지." 아무르가 말했다.

"또 방과 후에 종합정보실에서 시간을 보냈던 애야. 왜냐하면 대부분의 비방 글이 그곳에서 올린 것이었거든."

제이비가 아무르의 말에 덧붙였다.

"방과 후에 누가 종합정보실에서 시간을 보내지?"

아무르가 물었다.

"한 번 더 얘기하지만, 바로 너희잖아."

"난 아냐. 매일 학교가 끝나면 기도하러 집에 가야 하거든."

"너하고 네 친구들도 최근 2주 동안 꽤 자주 갔던데."

제이비가 나한테 말했다.

"그렇게 많이 가진 않았어. 치어리더 정보를 찾을 때만 갔었거든."

"브리아나랑 헤일리는 둘이서 최근 일주일 동안 거길 두 번이나 갔더라고. 그리고 트레버 피어슨하고 사라 머피는 거의 매일 있다시피 했고."

제이비의 말을 듣는 순간 오싹해지는 기분이 들었다. 왜 내가 진작 그걸 몰랐을까?

"밀크&허니가 누군지 알 것 같아."

제이비

"누군데?"

"누가 밀크&허니라는 거야?"

하지만 릴리는 말하려 하지 않았다. 릴리는 갑자기 문 쪽으로 향했다. 그런 모습을 보고 조금 놀랐다. 밀크&허니가 누군지 어떻게 알아냈기에 갑자기 내려가기로 결심한 걸까?

"어떡하려고?"

나는 릴리를 따라 아래로 내려가면서 물었다.

"밀크&허니를 직접 만나려는 거야?"

"경찰서에라도 가려는 거니? 아니면 교장 선생님 만나러?"

“잘 모르겠어. 아무튼 당장은 집으로 가야겠어. 너희도 괜찮다면 말이야.”

나는 모든 걸 포기했다는 듯 두 손을 들었다.

“좋아. 맘대로 해.”

우리는 손전등으로 길을 비추며 숲속을 터벅터벅 걸었다. 우리 집 뒤뜰에 도착했을 때는, 이미 동네 사람들 절반이 아무르와 나를 찾고 있었다. 부모님은 릴리를 발견하곤 그렇게 화를 내지는 않았다. 아무튼 우리가 릴리를 데려온 걸 봤을 때는 그랬다.

릴리

집에 돌아와서 부모님과 오랫동안 대화를 나누었다. 부모님은 그 사이트를 알고 있었고, 학교 애들이 나에 대해 뭐라고 말하는지도 알고 있었다. 또 친구들이 나를 따돌렸다는 것도 아셨다. 나는 솔직히 엄마 아빠가 그 사실을 알고 있다는 게 기뻤다. 그 덕에 굳이 설명드릴 필요는 없었다.

부모님은 내가 지난 3년간 얼마나 마음고생이 심했는지 모른다. 내가 친구들과 어울리고 있을 때에도 말이다. 나는 항상 내가 잘못된 일을 할까 봐, 몸무게가 늘까 봐, 친구들이 더 이상 나와 어울리지 않을까 봐 노심초사했다.

아무에게도 말한 적 없지만, 친구들과 함께 있을 때 나는 항상 나답지 못했다. 나 자신이 과연 어떤 사람인지 알 수 없었던 적도 여러 번 있었다. 그래서 떳떳하지 못한 적이 많았다. 그리고 나는 친구들의 눈에 들도록 말하거나 행동했다. 친구들이 어떻게 생각할까 늘 걱정이 많았던 것이다.

몇 가지 일에 대해 생각을 정리해야 할 시간이 온 것 같다. 나는 부모님께 트루먼 중학교에 다시 돌아가고 싶지 않다고 말씀드렸다. 다른 학교인 루스벨트 중학교로 전학 가고 싶었다. 그게 안 되면 조금 멀리 있는 주드 중학교도 괜찮았다. 트루먼 중학교만 아니라면 어디든 상관없었다. 하지만 아빠는 반대했다.

"말도 안 되는 소리 하지 마라! 그동안 널 괴롭힌 애들은 붙잡혀서 벌을 받았잖니. 그러니 학교로 다시 못 갈 이유가 뭐야!"

붙잡힌 사람은 브리아나 한 명뿐이었다. 나중에 나는 브리아나가 밀크&허니는 아니었지만, '안티 릴리 카페'를 만든 사람이라는 걸 알았다. 브리아나를 포함해 내가 친한 친구라고 생각했던 애들이 함께 만들었다는 것도 알게 되었다.

하지만 그건 아무래도 좋았다. 믿을지 모르겠지만, 트루먼 중학교의 모든 애들이 나를 미워하기 때문에 전학을 가고 싶었던 것만은 아니다. 새출발을 하고 싶어서다. 후버 초등학교 동창생들과 트루먼 중학교의 친구들, 그리고 나를 아는 모든 사람을 벗어나 내가 누군지 깨달을 필요가 있었다.

아빠는 내 말을 믿지 않았다.

"전학 가는 걸 허락하는 건, 네가 도망치려는 걸 그대로 방치하는 것과 같아. 네 문제로 도망치려고 하지 마라, 릴리."

"도망치려는 게 아니에요! 어른들은 뭔가를 찾겠다며 이혼까지 하면서 단지 새출발을 하겠다는 저는 왜 안 되는 거죠?"

두 분 모두 아무 대답이 없었다.

"이 얘기는 내일 아침에 하자."

엄마가 나를 침대로 보냈다. 나는 쉽사리 잠을 이루지 못했다. 다른 방에서 부모님끼리 얘기하시는 걸 들을 수 있었지만, 정확히 무슨 말을 하는지 알 수 없었다.

자정 무렵 현관문 여닫는 소리, 차의 시동이 걸리고 차가 진입로를 빠져나가는 소리가 들렸다. 아빠가 집으로 돌아간 것이다.

엄마는 다음 날 아침 날 깨우지 않았다. 엄마는 나에게 학교에 가란 말을 하지 않았다. 그 대신 내가 여전히 전학을 가고 싶은지 물었다. 나는 그렇다고 대답했고, 엄마는 어디론가 전화를 걸었다.

30분 뒤 모든 게 해결되었다. 나는 월요일부터 루스벨트 중학교에 다니게 되었다.

어쩌면 아빠 말이 맞을지도 모른다. 어쩌면 나는 도망치는 건지도 모른다. 하지만 때로는 도망치는 것이 괜찮은 선택일 수도 있다.

제이비

어쨌든 그게 다였다. 모든 것이 끝났다.

릴리는 돌아왔지만, 학교를 다시 다닐 것 같지는 않았다. 그렇다고 릴리를 탓할 수는 없는 일이었다. 국어를 가르치는 마이클 선생님은 수업을 잠시 멈추고 사이버 폭력에 대해 얘기해 주었다. 나는 그걸 공책에 받아 적었다.

기술의 발달은 사람들이 새로운 방식으로 서로를 공격하도록 만든다. 사이버 폭력이란 무엇인가? 그것은 인터넷에서 누군가를 인신공격하는 것을 말한다. 사이버 폭력은 왜 나쁜가? 내가 공격하는 대상을 볼 수 없고, 마찬가지로 공격의 대상이 나를 볼 수 없기 때문이다. 그러므로 해서는 안 되는 말을 할 수 있는 것이다.

마이클 선생님은 몇몇 인터넷 사이트 때문에 누군가가 상처를 받았다고 했다. 선생님은 누군지 이름을 밝히지 않았지만, 우리 모두 누구 얘기를 하는지 알고 있었다.

전교생은 이제 〈트루먼의 진실〉에서 무슨 일이 벌어졌는지, 어째서 모든 일이 제멋대로 벌어지게 되었는지, 우리에게 어떤 영향을 끼쳤는지, 그 일로 인해 우리가 무엇을 느꼈는지에 대해서 의견을 제출해야 했다. 선생님은 그 일은 한 사람만의 책임이 아닌 우리 모두의 책임이라고 했다.

하지만 나는 어쩔 수 없이 다른 사람들보다 좀 더 책임을 느낄 수밖에 없었다. 내 감정은 속에서 뒤죽박죽이 되었다. 나는 아직도 릴리를 별로 좋아하지는 않지만, 우리에겐 함께한 이야기가 많이 있었다. 그리고 난 이번 일로 기분이 안 좋았다. 릴리를 공격하는 글은 한 줄도 쓰지 않았지만, 다른 사람들이 그 애를 공격할 수 있는 사이트를 만들었다. 나는 다시는 〈트루먼의 진실〉 같은 사이트가 생기지 않기를 바랐다.

트레버

나는 '이제 너를 괴롭히지 않을게.'라고 백 번쯤 반성문을 쓰는 어린애 같았다. 그런다고 나아질 게 있을까?

마이클 선생님은 이렇게 말했다.

"인터넷에서는 누구든지 자신의 존재를 숨길 수 있기 때문에, 인터넷에서 보이는 것은 진정한 자신이 아니란다."

나는 선생님이 완전히 틀렸다고 생각한다. 인터넷에서 보이는 나야말로 진정한 나라고 생각한다. 현실에서 보이는 나는 거짓이다. 생각해 보라. 사람들은 대부분 카멜레온 같다. 만나는 사람에 따라 다른 행동을 한다. 어떤 모습이 진정한 '나'인가?

아무도 당신을 지켜보지 않을 때, 혹은 아무도 당신이 누구인지 모를 때…… 그 모습이 진정한 당신의 모습이다!

아무르

어떻게 선생님이 인터넷 폭력을 그렇게 큰 문제로 만들 수 있는지 조금 화가 났다. 인터넷 폭력은 다른 어떤 폭력보다 더 나쁘단다. 폭력은 다 똑같은 폭력일 뿐이다. 그것이 온라인상에서 이루어지든 다른 곳에서 이루어지든 말이다.

많은 어른이 인터넷 때문에 발생하는 일을 비난하고 있다. 하지만 나는 어른이 현실에서 어떤 일을 저지르는지 알고 있다. 사실 학생들의 싸움질은 인터넷이 등장하기 훨씬 전부터 있어 왔다. 그러니까 인터넷만 탓해서는 안 된다. 학생들을 탓해야지!

브리아나

5일 동안 정학을 당하는 것 말고도, 엄마는 한 달간이나 외출을 금지했다. 게다가 컴퓨터와 핸드폰도 가져갔다. 부모님은 내가 인터넷을 쓸 자격이 없다고 했다. 그 후로 나는 인터넷이 필요할 때마다 거실에서 컴퓨터를 사용해야 했다.

심지어 엄마는 깊은 사과의 뜻을 담아 릴리에게 편지를 쓰라고 했다. 우리가 그저 빈둥거리며 시간을 보냈던 사이라는 걸 누가 알기나 할까?

헤일리

좋아. 알겠다고. 온라인상에서 누군가에게 나쁜 말을 하면, 그게 사이트에 올린 글이든, 메일이든, 메시지든 잘못된 일이다, 그거 아냐?

'우리는 못된 학생들입니다. 우리는 못된 학교에 다닙니다. 다시는 그런 짓을 하지 않겠습니다.'

이제 가도 되죠?

루스벨트 중학교에 첫 등교를 하기 전에, 내게는 아직도 해결하지 못한 일이 남아 있었다. 내가 유별나다고 말할지도 모르겠지만, 나는 밀크&허니와 직접 만나고 싶었다.

릴리한테 메일을 한 통 받았다! 이렇게 쓰여 있었다.

나는 네가 누군지 알아. 너를 곤경에 빠뜨리고 싶은 건 아니야. 그냥 너랑 얘기하고 싶어. 네가 나한테 왜 그랬는지 알 것 같아. 직접 만나서 얘기하는 게 좋을 것 같아. 4시에 우리가 다녔던 초등학교 철봉대에서 만나자. 네가 나온다면, 나는 누구에게도 네 얘기를 하지 않겠다고 약속할게. 하지만 네가 오지 않는다면, 난 말해 버릴지도 몰라.

이해할 수 없었다. 왜 릴리가 나를 직접 만나자는 걸까? 왜 릴리는 나를 곤경에 빠뜨리고 싶지 않다는 거지? 왜 나한테 이 일에 대한 모든 책임을 묻지 않는 걸까? 나는 분명히, 릴리가 나를 비롯해 트루먼 중학교의 별 볼 일 없는 애들한테 저지른 만행에 대해 책임을 물었는데…….

트레버

그날 내가 후버 초등학교에 도착했을 때, 릴리는 철봉 대 꼭대기에 앉아 있었다. 그 애는 내가 운동장을 가로질러 걸어오는 걸 지켜보았다. 운동장에는 초딩 몇 명이 농구를 하고 있었고, 그네에 두 명이 더 있었다. 하지만 철봉 대에는 릴리와 나, 단둘이었다.

나는 눈을 흘기며 릴리를 올려다보았다.

"나라는 걸 어떻게 알았어?"

릴리의 눈은 내 머리 위쪽만 뚫어지게 보고 있었다.

"실은 몰랐어. 그게 너일 거라고 추측은 했지만, 지금 이 순간까지 확실히는 몰랐어."

"이런."

나는 발끝으로 땅바닥을 치면서 말했다.

"나한테 말하고 싶었니? 그게 나라는 걸 알았다고?"

"말 안 하려고 했어."

릴리는 아직도 나를 똑바로 쳐다보지 않고 있었다.

"그런데 왜 직접 만나자고 한 거야?"

비로소 릴리가 나를 쳐다보았다.

"미안하다는 말을 하고 싶었어, 트레버."

나는 눈을 깜박거렸다.

"나, 나한테 미안하다는 말을 하고 싶었다고?"

그 말보다 더 나를 놀라게 할 말은 없었다.

"뭣 때문에?"

"내가 너한테 했던 말 때문이야. 그리고 네 엄마 얘기도. 알잖아. 2년 전 너희 엄마 돌아가시기 직전에 말이야."

아!

"그 일 때문에 네가 그랬을 거라고 생각했어."

'넌 너무 못생겨서 너희 엄마가 널 낳은 걸 후회하며 돌아가실지도 모르겠다.' 릴리가 예전에 이렇게 말한 적이 있었다.

"말도 꺼내기 끔찍한 얘기였어."

릴리가 낮은 목소리로 말했다.

"특히, 저기…… 너희 엄마가……."

"돌아가셨을 때?"

내가 말을 이었다. 릴리는 고개를 끄덕이더니 고개를 돌렸다.

나는 철봉 대에 등을 기댔다. 무슨 말을 해야 할지 몰랐다. 나는 릴리 클라크를 파멸시키려고 했다. 그리고…… 나는 그렇게 한 것 같았다. 하지만 내가 생각했던 것만큼 만족스럽진 않았다.

온라인상에 보이는 모습이 진정한 당신의 모습이라고 했던 말을 기억하는가? 그게 사실이라면, 나는 약한 자를 못살게 구는 사람이다. 나는 그동안 나를 괴롭혔던 릴리나 리스 또는 다른 애들보다 나을 게 하나도 없었다.

처음에 나는 영원히 내 존재를 알리지 않은 채 살아갈 수 있다고 생각했다. 하지만 결국 모든 진실을 숨김없이 밝혀야겠다고 결심했다. 나도 릴리에게 사과했다. 어쩌면 나는 이제야 새로운 일을 시작할 수 있을지도 모르겠다.

제이비

메신저로 말을 걸어온 사람을 믿을 수가 없었다. 릴리였다!

"얘기 좀 할래?"

"벌써 얘기하고 있잖아."

"좋아. 네가 〈트루먼의 진실〉을 폐쇄한 걸 알았어."

"그래."

나는 그날 아침 사이트 전체를 폐쇄했다. 트루먼 중학교 학생들은 모두 비열하다고 남긴 마지막 글까지도. 그걸 남겨 둬 봐야 아무 의미도 없었다.

"고마워."

"천만에. 널 위해 그런 건 아니야. 내가 원했던 바가 아니기 때문이지."

"네가 원하는 게 어떤 거였는데?"

나는 릴리가 이해할 수 있을지 미심쩍었다. 하지만 말해 주었다.

"나는 그게 중요한 뭔가가 되길 바랐어. 모든 애들이 자신의 중학교 생활에 대해 말할 수 있는 뭔가가 되길 원했지. 그런데 어이없게도 다른 사람에 대한 소문이나 퍼뜨리는 곳이 되어 버리고 말았거든."

"혹시 너, 그 사이트로 다른 중요한 일을 해 보는 건 어때?"

"어떤 중요한 일?"

"나도 잘 몰라. 혹시 왕따 문제에 대해 학생들이 토론할 수 있는 그런 곳은 어때?"

제법 흥미로운 생각이었다. 아무리 그것이 릴리의 생각일지라도.

나는 아무르에게 전화를 걸었고, 그 애도 나와 마찬가지로 좋아했다. 아무르는 릴리에게 일어났던 일을 올려서 온 세상 사람들이 왕따에 관해 얘기하는 토론장을 만들어야 한다고 말했다.

우리는 사이트의 모든 글을 검열할 생각은 없지만 계속 지켜볼 것이다. 만약 누구라도 나쁜 글이나 허위 소문을 올린다면, 우리는 가차 없이 글을 삭제할 것이다. 편집장의 자격으로! 우리는 그렇게 하는 게 좋겠다고 마음먹었다. 이제 〈트루먼의 진실〉은 정말 중요한 사이트가 될 것이다.

일단 아무르와 내가 모든 계획을 세우고 나서 릴리에게 전화를 걸었다. 그렇다고 우리가 갑자기 친구가 되었다는 생각은 하지 마시길. 우리가 친구는 아니었다. 그냥 릴리에게 전화를 거는 게 옳다고 생각했다. 릴리가 모든 아이디어를 제공했기 때문이다.

"안녕, 새로 만든 사이트 운영하는 일 좀 도와줄래?"

릴리는 잠시 침묵하다가 대답했다.

"정말이니? 내 도움이 필요하다는 거야?"

"당연하지. 이게 다 네가 생각한 거잖아."

"그래, 그렇긴 하지."

수화기 반대편에서 릴리의 웃음소리가 들려왔다.

"좋아. 나도 루스벨트 중학교에서 이런 일에 도움이 될 만한 친구가 있는지 알아볼게."

"그렇다면 더욱 좋고. 이번에 만든 사이트는 정말 모든 사람을 위한 사이트였으면 좋겠어."

11:00 PM

트루먼의 진실

공지

이야기는 여기까지다.

이게 우리가 겪은 이야기다. 많은 애들이 메일을 보내 주진 않았다. 뜻밖이었다. 어떤 친구들은 모두 까발릴 것만 같았지만, 막상 보내 온 글들은 굳이 쓰지 않아도 되는 이야기가 많았다. 아무튼 대부분의 친구들이 메일을 보내지 않았다. 그런데 헤일리와 브리아나가 메일을 보낼 것이라고는 생각지도 못했다. 가만 보면 잘나가는 애들은 가끔씩 사람을 놀라게 하는 구석이 있다.

우리의 이야기가 누군가에게 도움이 될지는 나도 잘 모르겠다. 하지만 실제로 있었던 일이다. 그게 좋은 것이든 나쁜 일이든 말이다.

제이비 바우어

앞의 글 다음 글

목록 필터 태그 글쓰기

이 책의 수상 · 선정 내용

- Volunteer State(Tennessee) Book Award Nominee in 2011
- Rhode Island Teen Book Award Nominee 2011
- Iowa Teen Award Nominee 2013
- Delaware Diamonds Award Nominee, 2013~2014
- 책따세 여름방학 권장도서
- 경상남도교육청 독서한마당 과제도서
- 전라북도교육청 독서논술대회 과제도서
- 전국독서새물결모임 교과별 추천도서
- 아침독서 청소년 추천도서

옮김 이도영

동국대학교에서 물리학을 공부하면서 게임 개발 업무에 종사하다가 영어에 남다른 매력을 느껴 방송통신대학교에서 영어영문학을 전공했다. 현재 전문 번역가로 활동하고 있으며 옮긴 책으로 『유령부』 『불량엄마 납치사건』 『불량엄마 굴욕사건』 『피그보이』 『수학괴물』 『토끼와 거북이의 두 번째 경주』 등이 있다.

트루먼 스쿨 악플 사건

초판 1쇄 펴낸날 2009년 1월 5일
개정 1판 1쇄 펴낸날 2009년 9월 5일
개정 2판 1쇄 펴낸날 2025년 8월 20일

지은이 도리 H. 버틀러
옮긴이 이도영
펴낸이 김민지

편집 최성휘, 박다예
마케팅 백민열, 김하연

펴낸곳 미래M&B
등록 1993년 1월 8일(제10-772호)
주소 04030 서울시 마포구 동교로 134 미진빌딩 2층
전화 02-562-1800(대표)
팩스 02-562-1885(대표)
전자우편 mirae@miraemnb.com
홈페이지 www.miraeinbooks.com
블로그 blog.naver.com/miraeibooks
인스타그램 @mirae_inbooks

ISBN 978-89-8394-994-3 (43840)

*잘못 만들어진 책은 구입처에서 바꾸어 드립니다.
*미래인은 미래M&B가 만든 청소년, 성인을 위한 브랜드입니다.